倫敦港女

米多莉

Contents

■ 吐槽香港

Contents

自序

——米多莉

雖然每個寫作的人都希望出書，但我沒有想過會有人看我喝醉後寫的歪吟胡謅。

正如你問李白有沒有想過自己的絕句會編入唐詩三百首，個個港孩都要背誦？他應該會不解地問，為甚麼小朋友要閱讀有關喝醉酒與月亮跳舞的詩？補充一句，我當年考會考中國文學時也想問，如果我十八歲才可以合法喝酒，為甚麼你現在要我解讀李白當時的心境？怎麼解？

類似的情況在我考鋼琴時也發生了。那年我在威爾斯讀書，老師幫我選了一首德布西的曲子，叫《棕髮少女(La fille aux cheveux de lin)》。我調戲老師，你知道我現在來了英國，種族意識變得很強，我不是法國人也沒有棕髮，怎麼彈？老師笑了笑，誰說棕髮少女是你？便獻寶般拿出一張畫，是雷諾瓦的《梳理頭髮的少女(Jeune fille se coiffant les cheveux)》。就是這樣，到考試的那一天，我彈《棕髮少女》的時候，琴上還放着這張畫。

寫作、彈琴、生活，都是由很多小事組成的。甚麼吸引你的眼球、甚麼增強你的體驗、甚麼刺激你的思考，你就變成一個怎樣的人。如果你問我為甚麼一直住在倫敦，卻要寫下吐槽香港文化的文章，那正是因為多年的海外生活改變了我的思考模式。我希望這本書能夠讓大家看到只有我這個偽洋妞才看到的現象。

倫敦的生活對某些人來說遙不可及，遠到還會有人問我在倫敦是不是吃太多炸魚薯條（答案是不，令馬莎都有賣壽司，不過很難吃）。遙遠的並不單是因為地域，而是因為香港這十幾廿年變了世界上最狹窄的國際都會。不要說太深奧的，就是上班族竟然還保持劃一午餐時間的守舊條例，人人都在排隊吃午餐，排完只有二十分鐘吃，吃完未消化又要上班。怪現象多如繁星，每次回港我都八婆反白眼，對比着倫敦，我忽然覺得在香港做人真的很累。

沒有一個人類學家寫論文會只給一面倒的論據，因此這本書也寫下了倫敦令人疲憊的地方。切身處地的生活，令我明白到地球上沒有天堂，只能每天專注生活，建立自己的智慧和眼光。這就是本書對我的意義。

假如你決定帶這本書回家，那實是有緣，必須隔着時空碰個杯；如果你未夠十八歲的話，那就希望彼此能從文字結緣，所謂：「脫略小時輩，結交皆老蒼」。

最後，在此特別鳴謝提供照片的 Mickey，Tracy 和 Joyce。謝謝你們充當好男友的角色，總是給我拍照片。

霧都絮語

安全牌

在倫敦一家高級健身房內，亮麗的女生們束起馬尾，穿著差不多六十鎊一條的貴價瑜伽褲，坐成一列，等待單車班的開始。

不說也不知道，倫敦的小資女個個外表也差不多，啡金色的頭髮，不知是真還是假的蜜色皮膚，真銀或真金的幼頸鏈簡約的垂在鎖骨之間。大家的打扮如此一致，像健身室批發出來的模特兒一樣。

我與所有女子坐在一起，她們必定很羨慕我的小麥色皮膚，我甚至不必做 fake tan，就有你們夢寐以求的顏色。當然你給我稱讚的時候，我也會有禮的回應說，我也羨慕你們又金又啡的髮色。不過沒問題，這個我也可以去髮型屋做一個 balayage 漂染，倫敦女不做 highlight，太過氣。

大家都面無表情，但都在打量，都在比較。

這時，異常沉重的腳步聲從樓下更衣室傳來。一名 XXL 的女人拾級而上。她的皮膚又白又粉，像一隻豬一樣；她穿著長袖衛衣和短褲，還戴了個粗髮圈 (scrunchie)。這個人一定沒有看過《色慾都市》，沒有紐約的女人會用 scrunchie，same rule applies to London girls.

大家努力保持平靜的外表，可是從她們微微瞪大的眼球，以及嘴角輕微的抖動，我知道她們內心都激動不已。而且，她們的眼睛沒有離開過，一直不停在打量胖女人。

她們的內心在想甚麼呢？是驚訝這個市內高級健身室會有這個體型的參加者嗎？在懷疑她不是應該已經當媽媽，週末在家湊仔嗎？還是在想如果自己也是這麼胖，也會受到如此令人不自在的注目禮嗎？或者是胖也算了，還穿著這種不時尚的打扮是啥意思？總之滿是問號感嘆號。

好刻薄，但倫敦女子就是如此。

我們對人如此刻薄，是因為我們都有一份要看起來像樣的壓力。我們要像自己的倫敦友儕，穿這樣，長這樣，週末去食早午餐，上班之前去做 gym。不像樣，會被人批評暗笑 ，因為我們都這樣取笑過人。這就是城市女子虐待自己和別人的變態循環。

為甚麼要像樣？倫敦女子的外表是誰定的？《Vogue》雜誌嗎？健身中心廣告嗎？我們為甚麼不能愛穿甚麼就穿甚麼，愛吃很多就吃很多。是誰規定女生聚在一起必須喝雞尾酒，夏天一定要在 roof top bars 拍照放上 instagram?

You know what, nobody.

我們要像樣要有型要有錢是我們給自己的壓力，是因為我們都很不安。我們怕我們達不到一個形象，於是我們都 go safe，跟着某個路線走。跟着就對了，起碼我在人堆中 blend in，免除像那胖女人的下場。

如果倫敦女的路線是如此，香港人的路線更加可怕。名牌包包人人有，中環女必備 Roger Vivier 高跟鞋、韓式直眉，不能胖。名牌球鞋，日系穿搭，perfect all back 頭髮，所有港男通用，so very safe，去中環銅鑼灣旺角尖嘴街市文青市集都 safe。

我們不安，所以看別人的刻薄眼光完全反彈應用在自己身上。有誰沒有在鏡子前打量自己，然後內心一陣悲涼？不夠健碩、風趣、有錢、瘦削、大波、興趣不夠廣泛、世面見得不夠廣。

大家互相攻擊，加上父母隨口在把自己仔女跟別人比較，我們以為自己一直不足。一直在追求下去，無止境的給自己壓力，there's no end。其實不知道都是「不安」種下來的思想自作孽。

You are effing good enough.

胖女子一個大屁股坐在我的旁邊。單車班要求我們換上特別的鞋子，她彎下身，要矮健的彎下身還是有點難度。她很清楚大家都望着她。她像個巨星一樣帶着微笑，仔細紮穩染成淺粉紅色的頭髮，喝了一口水。星級導師這時候出現，無視一眾耳目一致的倫敦女，走到胖女子的身邊和她打招呼，說 great progress。

胖女子說，為了健康這是必須的事，I am enjoying this。

在單車班期間，老師邊踩邊說：「我們做運動不能

只是為了更漂亮，而更應該為了健康，為了身心靈都充實愉快而去努力。It is time to surge for yourself !」便把燈關掉，播放令人振奮的音樂。我們一直發狂怒踩到終點。

我覺得胖女子比我活得更好，因為她為了自己而活，為了自己快樂而作出改變，這才是好好的照顧自己。

Love yourself.

標準倫敦人的八婆碌眼

說起米多莉人生最淒涼的一段往事，莫過於大學畢業後找工作的那段日子。

那時我寄住在前男友的家，順便在一家中國餐館做侍應（仲要唔係倫敦），賺取微薄的薪金交個人情租，感謝對方父母收留小女子。

這個世界有很多餐廳，由米芝蓮到Chinese take away都可以做，偏偏本人就在Chinese buffet打工。因為便宜，所以去這種餐廳的都是些白癡學生和又窮又餓的肥嘢。好端端都要被男食客調戲，食客又吵又愛投訴，而最頂癮的可說是帶着小孩子來吃東西的胖阿媽。小孩子總是吃到一地飯粒春卷碎，每次換枱都要我吸塵。

我覺得自己活得很淒涼。為甚麼堂堂名牌大學畢業，家庭又份屬小康，要淪落到幫這些死肥嘢吸飯粒。現在想起那時的生活，不由自主會有粵曲當背景音樂，登登登櫈，慘情的女子淪落至此兮，哀哉哀哉乎，登登登櫈。

事過境遷，我今時今日食飯絕對沒有可能會去Chinese buffet，為免觸景傷情也不會踏足該鎮。可能是反抗心太重，不要說服務那些肥婆，如果這種又吵又肥高音又低俗的女人在倫敦市中心出現，我一定會給她們一個標準倫敦人的八婆反白眼（rolled eyes），你這團肉給我死埋一邊，唔該！

因為吃過這樣的苦，我決心要出人頭地；而當我事業有成後，就變成了這麼一個趾高氣揚的人。在英語裏，我們叫這種離地又高傲的人做Snobs，也可以形容這些人為snobbish。Snobs看不起別人，被迫給下等人説話的時候，連用眼尾看人也不願意，根據google translate，可以説snobs是勢利之徒。

我當了一名snob五年了。在不知不覺間snobbishness已經成為我的代名詞。我討厭在千禧橋上拍pre-wedding的幸福情侶；我不屑在地鐵裏搵路，阻住地球轉的遊客；如果初次約會的時候那個人不懂得吃，或英文不夠好的話，除非你很靚仔，否則下次下次，唔使旨意。

最近我和朋友吃飯，他決定誠實的告訴我：「你以前不是想做非牟利機構（NGO），拯救世人的麼？為甚麼你變得這樣snobbish，為甚麼要看不起別人，為甚麼老覺得被人浪費你的時間。你的時間很寶貴麼？寶貴得不能停下來協助迷路的遊客麼？你的身份要是這麼尊貴，那你為甚麼不坐的士要迫地鐵？你的腦袋如此聰明，為甚麼還是為一個苛刻的老闆打工？」

Jesus, Mary and Joseph.

我突然覺得自己好像《穿著Prada的惡魔（Devil wears Prada）》裏面的那個一號秘書（由Emily Blunt飾演）。

一號秘書就是一個為了在 Fashion 界生存，天天當女主編的奴隸。她對其他人評頭品足，自己卻又怕肥不敢吃東西，在自大與自卑之間迴旋的 snob。有一幕她受傷了，白白看著去巴黎時裝週的機會斷送了給女主角。可憐。

要說做人犯賤，Snobs 這種自欺欺人同時又眼高手低的人最陰功了。誰是你的朋友？連你自己都是自己的敵人。

於是我臥身嘗膽，三省吾身十八天。我成為一個snobs並不是因為我是一個壞人，我的不善良是因為我的不安感（insecurity）。我不安，沒有自信，對自己和別人都如此不善良，是因為過去我吃過苦，我討厭那一段卑微的日子。為了遠離過去，我排斥跟那時有關的人和事，期盼一份離地的幸福。

That's only natural，只是為了保護自己。

但不止我，我們都是這樣。

不管是過去發生過甚麼事情，又或是單純為了在殘酷的現實世界裏生存，我們撒嬌互評發爛渣，毒舌八卦貪便宜，都是為了保護不安的自己。日子有功，做了一堆小壞事，交了一堆小壞人朋友，成為了一位搖擺在自大與自卑之間的勢利之徒。但一個人壞，是不會得到幸福的，因為沒有人會愛惜你。

有一天我在趕路，有一個西班牙遊客在Piccadilly Circus攔截我，用手勢叫我幫她和家人拍照。比着從前的我，必定擺擺手趕她走，但我改變了。我停下來，舉起相機，她把成家人都趕過來列陣擺甫士。拍罷，她的小男孩跑過來拿回相機，以天真無邪的微笑向我道謝。

做了一件好事的感覺，即便如此微小的一件好事，令我的心情無比舒暢。我咧起久遺的微笑，向小孩說了一句：「Enjoy London。」便又以倫敦人瀟灑的姿態離去。心裏卻是滿滿的暖，I can be a better person than this。

我的 IG 或許快樂

早前回港跟朋友相聚，我們熱烈地討論 L 的 IG。

L 是一個大紅人，我們雖然曾在倫敦打過照面，加了對方 FB / IG，但她這隻 social butterfly 每天不是出席宴會，就是練空中瑜伽，有次還 Po 了一張在非洲照顧大笨象的照片，好不威風。L 基本上是個 KOL 了，常常也會 Po 正面熱血的勵志 quotes，孤苦伶仃的大眾港女 Like 到不行，女人當自強云云。

我們局中的 D 跟 L 熟一點，他說，其實不是的。L 私下不單壓力過大，而且常常發脾氣，已到了患有情緒病的地步。只是傷心事不 Po 上網，日日都倚靠着這些讚好來安慰自己，還是受歡迎的人呢。

我不是在說 L 的壞話（well I am），但我不只是說 L 一個人的。

IG 好多假的東西，沒錯那餐飯可能是真，收的禮物也可能是真的，身材好也可能是真的；但情人在米芝蓮餐廳的用餐氛圍如何卻是無人知曉，成二千蚊吃五道菜配 wine pairing，但可能整晚各自在玩電話，內心依然寂寥。

聊別人的八卦當然無傷大雅，但自己的幸福如果是靠 IG 維繫，本人則不置可否。

我的朋友 E 被一個男孩追求，卻連一次約會的機會也不給人。

我問她為甚麼不試一下，E 說去了那個男人的 IG，感覺好像是個喜歡打機的宅男，也沒有到處旅行，跟 E 自己的活躍性格很不一樣。我也去了男人的 IG 看，他幾乎沒有怎麼 Po 相打卡，很久才會 Po 一次。

「Po 得這麼疏，就是因為生活無聊嘛！不行啦！」E 還是不想出去。

我們最後都不知道該男人的真面目是宅男還是只是不喜歡用 IG 而矣，但這就是 2018 年的現實，我們竟然用一個人的社交平台來批判一個人。

這令我想起《Black Mirror》的第一集，未來的社會用一個評分來決定一個人的工作、租屋，甚至朋友圈。女主角因為一些不幸的遭遇而被評得很低分，結果在某人的婚禮發瘋，大開殺戒。

這個故事的教訓不是大家要密點 post IG，也不是要大家別相信 IG，而是請大家反思你們在 IG follow 甚麼人又讓甚麼人 follow 自己，到一個令自己 po 的東西

都是個謊話的地步。假如我們六十歲的時候回顧自己的 IG(就是現在的老人看相簿一樣)，一定會驚訝，that wasn't what happened.

有口話人冇口話自己。我看着自己的 IG，有不相熟的朋友說沒有想到我是分了手，因為你的 IG 樣子都很快樂。

我對天無語，那請你相信我，我的 IG 或許快樂，真人卻在谷底跌宕。

爺就是一名離地 X

有時會收到某些 Haters 的留言說米多莉離地、懶高竇、階級主義、崇洋。

爺就是一名離地 X，吹咩。你想點呢？米多莉 16 歲飄洋過海，當然跟大眾港女有不同的修行。吃的、穿的，都不同。你說我離地，在車仔麵檔不知道怎樣叫餸，在譚仔聽三次先聽得明阿姐「勿演之潤實小喇」說甚麼。

但其實我會覺得，崇洋的是我還是罵我的 Haters 呢？如果因為不熟悉香港而不懂得某些道地的生活文化，那夾硬嚟講，港人來到英國都可能同我喺香港一樣咁「離地」，因為香港於我、英國於你，都不是 local 嘢，不是嗎？單純因為作者識中文，就無視本人已離港多年，不屑本人不懂得貼地，實在太不公平了。

最近有個曾在英國讀書的港男幾年之後又輪迴回來倫敦工作。周末我們在倫敦散步。剛好，米多莉要去意大利雜貨店 Lina Store 買些東西。

進入 Lina Store，琳瑯滿目的意大利零食，港男朋友開始買買買。米多莉則逕自走到 counter，開始跟意大利帥哥聊天，騙騙芝士和火腿 sample 來吃。

試了幾款，最終買了 100g extra creamy 的芝士（連名字都忘了），再加幾片 Salame Felino。本來還想買些新鮮意大利粉回家煮 spaghetti vongole，但賣完了。行了一會見肚子餓，把心一橫去 Barrafina 吃個西班牙 tapas，祈禱五點鐘沒有人在這家米芝蓮星級餐廳排隊。

港男看着我大口啜紅蝦蝦頭的時候不禁說，你果然變了道道地地的倫敦人。我骨碌喝了一大口啤酒，一邊又拿起片麵包點那紅蝦流出來的蒜汁。你說得對呢，十年在倫敦的生活早已經把我從香港拉走很遠很遠了。

雖然我還是喜歡譚仔三哥，每次回港都會幫襯街角涼茶鋪，沒有甚麼比手拉 5 蚊腸粉更適合做早餐；但我也真的改變了，我變得離地——離開香港的地面了。相比起沒有手拉腸粉，沒有 Greek yogurt 的日子更難過；相比起沒有盆菜的新年；沒有火雞的 lonely Christmas 更令我感到悲哀。

這就是離鄉別井的現實了：當你離開久了，對某些人來說，那個「鄉」會慢慢轉移，我的家又是香港，又是倫敦，甚至慢慢轉移至倫敦是我家，返香港放假的狀態了。

早前回港，吃肥了。於是參加了一家在堅尼地城的健身班。沒有想到老師不是香港人、不會廣東話；跟我搭檔的是一個跟着老公來了香港工作的倫敦女生，我們聊得很開心。那一刻，我才明白自己真的離地了，看到那個倫敦女生，熟悉的倫敦口音，一樣的幽默感。

堅離地城，每個人有每個人的修行。

ina store：18 Brewer St, Soho, London W1F 0SH

Barrafina：26-27 Dean St, Soho, London W1D 3LL

最嘔心就是 House Party

我對 house parties 討厭的程度最近飈升至新 level。

香港人可能比較少有 house parties 的機會，因為我們到結婚前通常都與家人同住；相反，來自五湖四海的人來到倫敦，最常發生的就是幾個朋友或陌生人一起租屋，老了一點就買了房子，個個星期我都會收到 house party 的邀請。

請注意，自己圍內一班朋友打麻將看電影不算是 house party，一個充滿不認識人的 house party 才是所有社交界中的究極悲劇。

一個這樣陜小的空間，又不可以跳舞，因為怕日光日白出洋相或打爛人家的東西而又不可以喝醉酒，結果，迫着跟不認識的人聊天。最近我就被邀請了去一個投資銀行家在卻爾西（Chelsea）的 house party，結果迫着跟投行朋友的女友的大學同學聊天，真的悶到我爆炸。

「噢你是 Lewis 個女友喺 Manchester Uni 嘅同學個家姐呀？我係 Lewis 以前嘅 flatmate Aaron 個中學同學米多莉呀。不過 Aaron 已經搬咗返去加拿大啦，但係我同 Lewis 都仲不時會同 Holly 一齊食個 brunch 嘅。」一講就知甚麼共通點也沒有，不過我提醒自己不要先入為

主，大家齊心合力找一個我和你共通的地方吧！（哭）

聊了十分鐘，發現我和這個連名都忘記了的女子根本一點 common ground 也沒有。她愛在家看 Netflix，我只看書，她愛喝茶我只喝咖啡，她愛白酒我只愛紅酒，她有男友我沒有，我心裏只能叫她「無聊女」。

我夠了，看了手錶，我是 8.30pm 到的，最早也應該在一個半小時後借故鬆人，但現在只是 9.15pm，X 街。

這個時候 Lewis 介紹了他剛從 LA 搬到倫敦的朋友 Angus：「嗨，你們都住哪兒？」

關你屁事？不過見你如此英俊我就告訴你吧：「我住 Shoreditch 嗰邊，你有冇去過倫敦東部？」

當 Angus 想答的時候，無聊女插嘴：「我就住喺 Fulham 囉，倫敦西面，那兒有很多美國人呢。」那裏是倫敦最多有錢仔的地方，Daniel Radcliffe 都是 Fulham 人。

「哦，我有去過 Shoreditch 夜蒲，很不錯呢！也去了 Brick Lane 吃 salt beef bagel，很不錯呢。」乜 X 嘢都很不錯，這就是 house party 最吊詭的地方，講嘢只掂到個邊，永遠避開太個人意見的話題，所謂避重就輕，永遠都成不了深交的。靚仔繼續說：「我同女朋友打算住喺 Clapham，好似好多同我哋差不多年紀嘅人都住喺嗰度。」

OK，Everything is over now。你靚仔但不是單身，想住倫敦南邊，差唔多年紀即是 22、23 歲，Lewis 你推條 unavailable 的鮮肉給我做咩？是要我修練成仙？練習如何控制失望與慾望？

這個時候 Lewis 的女友又推了條友來，這似是個美國女人，嗯，見衫開到落肚臍，但個胸又不大不小，我都唔知望邊度好。

在這個衣著談吐眼神都像《色慾都市》的 Samantha 的領導下，我們又講了一大堆無聊的話。這個女人最神奇的地方是可以邊説很多話邊喝很多酒。

接下來發生的事，唉：

9.45pm 這條女醉了

9.55pm 這條女企咗上去 Lewis 張名貴 Fritz Hansen 枱上跳舞

9.57pm 條女俾人接返落黎，大家扮笑但個個都 O 晒嘴。

10.05pm 條女掙脱 Lewis 同友人嘅照顧，一嘢跑上去攬住靚仔 Angus 就咀咗落去。大家無語。

10.10pm 我和無聊女睇完好戲，交換了一個理解的眼神，一起跑去房拿大褸，一起在混亂中跟 Lewis 同佢女友講再見，一起衝出 house party，跑落樓，擊掌，轉身，走上不同的方向回家，順便 instagram 一下周六晚上的倫敦街道。#houseparty。

就讓這個 house party 在 Samantha 的嘔吐物下結束吧。

花樣小姐

某天晚上我去了倫敦夏日很流行的露天戲院(outdoor cinema)，看了一套很棒的片子，叫《Lady Bird(花樣小姐)》。

不滿意生長在美國 Sacremento 的女主角，不接受生下來父母改的名字，決定自己應該叫做 Lady Bird。

Lady Bird 不滿意很多東西，不滿意 Sacremento，不滿意家裏貧窮，不滿意自己是處女，不滿意自己不受歡迎，等等。故事發生在高中的最後一年，Lady Bird 想離開西岸去考紐約的大學。

故事既好笑又寫實，最後 Lady Bird 和母親吵了一場大架，一直到 Lady Bird 要上飛機，母親把她車到機場，卻鬥氣不願意下車，最後哭得很慘。

在露天的廣場看這樣一部片子，加上倫敦的夏天久久不願意日落，我的眼淚無法在漆黑中遮掩，一邊擦拭一邊深諳，這兩母女都是倔強的傻瓜。

我們被時間的洪流掩蓋了眼睛，想深一層其實我們永遠只擁有「現在」。

十二三歲的時候媽媽不知道從哪裏學回來，總說我正處於青春反叛期，這令我覺得十分不被尊重，我不希望自己在啟蒙當中的思考過程單純地被標籤為「反叛期」，於是更加「反叛」，常常說些傷人的話、發脾氣。總之我們的關係不太好，我一直等，等到十六歲，我像 Lady Bird 一樣頭也不回的走進離境大樓，留下媽媽和爸爸二人落寞的身影，至今已過十載。

十年過後我變成了一個徹底的倫敦人，倫敦是家，香港是遙遠的根。我能夠自理，在職場上遊刃有餘，每周游泳一次，不時喝酒。但每次回到香港，還是像十六歲那年的自己，倔強的跟媽媽為一些小事爭吵。我總是抱怨媽媽忘了我已是個快奔三的成年人，媽媽則抱怨我還像小時候那樣反叛，叫我食個蘋果我也要發脾氣。

公說公有理，婆說婆有理。媽媽始終不明白我，我們的隔閡愈來愈闊。我忽然有個感悟，我故然不能改變我的媽媽，但我可以提醒自己，過去已經不存在了，我們只有現在。

已經十年了，既然我不再在反叛期當中，這個引致我和媽媽關係變差的火頭，也早應該熄滅了。既然一切已經過去，那麼不好的關係是不是也應該隨着過去的消失而消失呢？取而代之，今天的我們，一個老了，一個

成熟了，就應該 focus 在現在，不容許過去累積下來的感覺不住煩擾我們。

我發現歲月的累積雖然不能避免，但我們卻有選擇慈愛的權利。All things will pass，一切都會過去的，好的壞的，既然是這樣，放手，讓隔閡和爭吵過去，也是一種可行的意識形態（consciousness）。

所以下一次我跟媽媽對話的時候，我要記得，我長大了，媽媽老了，容許自己選擇成熟地回應母親的嘮叨。

佛系旅客

不觀光，不拍照。

緣份到了，自然會遇上旅途上的驚喜。

有讀者一定會說：乜米多莉連抽水都抽得慢過人，佛系乜乜 out 咗十世啦。

嘻嘻，緣份到了，米多莉自然會寫出文章。

不過講真的，我們香港人去旅行真的很忙碌。當然有好處，首先 planning 做得足少機會中伏；到處找景點打卡呃 like 好成功。

可是，這樣跟着景點走，排除了遇上浪漫的驚喜，這個本身在異地應該比較容易發生的好事。

我想挑戰一下大家，會不會來個任性不安排行程，放下控制慾，讓目的地帶領你去體驗的旅行？

有讀者問，咁即係點？如果你有機會來個突擊快速出走，可以試試看這幾個佛系玩法：

1. 不用 wifi 蛋

不可以上網就可以遠離社交媒體。我們的人生不是在 IG 做給人看的。別人的生活跟我們其實也沒有什麼關係。尤其是旅行的時候，就把香港留在香港吧！你說沒有上網怎麼找路？人在沒有 wifi 蛋之前是怎麼走路的？看地圖呀！另，請看第二點。

2. 允許自己迷路亂逛

我最喜歡在新城市的路上隨意地走來走去了，真的很有意思。如果只是從一個景點走到另外一個景點，你要不只會看到從 A 去 B 的風光，要不你就是太着緊目的地連沿途的風光也看不見。亂逛，是容許自己生命有驚喜（或驚慌）的好機會。相信我，不需要太緊張，如果一個人有留意一路的風景和小細節，難道不會也嗅到危險的氣味嗎？所以，真的不要再擔心閒逛會迷失，迷失會危險這種笑話了，那是被害妄想症，自己被自己的恐懼困死了。

3. 就是要跟當地人雞同鴨講

如果是去台灣呀澳洲呀還不給我趕快跟當地人聊天？我記得剛剛去罷巴爾幹半島（the Balkans）的本人在路上一直沒有機會跟當地人聊天。最後在 Zagreb 因為迷路而在某住宅區的路邊咖啡館坐下來，開始跟鄰座的一對在地男女聊起來。我把我心裏對在波斯尼亞（Bosnia and Herzegovina）的問題跟他們分享，他們表達了對南斯拉夫（Yugoslavia）解體後這幾十年的變化的意見。我的內心一陣溫熱，雖然眼睛又去了博物館，但沒有一個景點比這對中老年男女說的東西更實在更有趣。And this is what I call travelling，他們還幫我們點了在地人才喝的飲料，很有趣，都醉了。

4. 試着一個人上路

獨遊最棒，除非你有一個心靈相通，喜好相同的旅伴，否則，獨遊最自由。在湖邊想冥想就冥想，想待多久就待多久。有人說我去旅行的時候滿是內心小劇場，沒錯，在陌生的地方吸收着當地的地氣人情，是需要空間去思考的，思考是需要空間的，空間是需要獨處的。遇着食玩買愛打卡的旅伴，我們思考的習慣都被這些活動打擾了，去得這種旅行，慢慢都不再懂得有深度的reflect，因此一個人出走吧，再次培養深度。

就是這樣，有緣再上路吧。不要再聽陳綺貞《旅行的意義》了，自己去寫自己旅行的意義。

獨遊波圖

每一年的十月左右，我也會趁淡季，獨自一個人去旅行數天。這是我自己賺錢開始就養成的小傳統，至今去過布魯塞爾、尼斯、巴黎等，早前就去了葡萄牙波圖（Porto）48 小時。基本上是今日買機票，明日飛，大後日要回來和客開會，有點隨性，覺得自己有小浪子的感覺。

小浪子米多莉去波圖因為想去跟歐洲大陸感覺截然不同的地方，又不想去大城市因為倫敦已經夠忙了。感謝主，我覺得自己選對了。要離家出走，就去波圖吧。我不想說太多，只想推薦以下四樣東西：一間酒店、一條街、一間店鋪和一種調酒。

葡萄牙的第二大城市，感覺卻比米蘭、巴塞隆拿、布魯塞爾等傳統大城市來得先進。不消一會，高速的電車已經把我從機場帶到來市中心。這裏跟澳門的確有點像，建築物和地板都是由大小不一的石磚鋪成；但跟澳門不一樣，我去的時候還沒有中國人，也沒有賭場（現在應該也沒有吧？）。

一間酒店：Gallery Hostel

波圖沒有高級酒店，本來打算入住河對岸的五星級酒店 Yeatman Hotel，可是做浪子就要做得像樣，結果找到一家叫 Gallery Hostel 的旅館，原來又做旅館又做畫廊。一推大門進去，地下的酒窖竟然變身成為一個畫框，玻璃地面下是一幅倒掛着的一幅女人的圖畫。What's up ！真是有 feel。

整個 hostel 都很整潔，但最棒的不至是它展示的畫作，而是他們的晚餐。付個 €10 就可以加入他們三道菜和半枝酒的晚餐，大家一起坐在長木枱邊聊天邊吃飯。一個人旅遊最麻煩的應該是吃的方面了，這頓晚餐不至好吃，而且解決了交友的問題。最後，我便和剛相識的旅客們一起喝酒，玩到天光了。

Gallery Hostel：Rua de Miguel Bombarda 222, 4050-377 Porto, Portugal

一條街：Rua Miguel Bombarda

Rua Miguel Bombarda 是波圖的藝術之街，大概是倫敦的 Shoreditch，香港的上環，法國的 St Mitchel，而剛好，我的酒店就座落這裏，Perfeito。

你知道最 inacredit vel 的是甚麼嗎？在波圖，只要你看到藝廊外插着旗幟，意思是這藝廊是免費入場的。這樣的藝術氣息散播到波圖的每一個角落，特別有品味的一個城市。

試想像，當你走進一間很小的花店，而店的設計是純黑色，只有一張工業用的 distressed wood 木枱，加一盞水晶吊燈，和一個打扮得太帥的葡籍男人在用心的為

花朵噴水，這是一個多令人心靈得到慰藉的環境。

家具店、小品店、古著店、喫茶店、小酒吧，每一家都用了很多的心機處理室內設計。這份對細節的注重，令我對葡萄牙這個在歷史中曾是超級大國的民族肅然起敬。與英國一樣，深度與歷史關係緊密，不是有錢就能摹倣得到的。

一間店鋪：Bazar Central 76

我喜歡有質素的購物和喝酒。

有關這間店，我的總結是，如果你懷念我們中學生時代的 IT / i.t，那種給你大量沒有看過的、充滿新鮮感的、極具個性裝潢的、努力儲錢就買到的，那就來這間店重拾那一種對時裝潮物青澀的熱愛吧。

Fashion 之事我識條鐵咩，見仁見智，我不多說。我買了個紅色的意大利皮製clutch，單純地享受老闆從世界各地搜羅好物的熱情。

Bazar Central 76：Rua dos Cl rigos 76, Porto, Portugal

一種調酒：Port & Tonic

作為gin and tonic的女人，我以為今生不會再遇上令我更驚喜的酒品了。可是給了€5的砵酒試飲團（Port wine tasting tour）之後，我在Tawny 20 years琥珀色的酒精裏吟詩作對，想起李白一句：兩人對酌山花開，一杯一杯復一杯。

相比起耳熟能詳的深紅色砵酒，發現white port就更是驚喜。當地受歡迎的雞尾酒──Port & tonic，就是用白色的砵酒加上湯力水，我熱情的推介給大家。回來英國後常常在好一點酒吧尋找white port and tonic，可幸的是也讓我在倫敦重遇了。

我被波圖隨和的藝術、清心的美景、安靜的街道，快慰的酒精滿足的治癒了。這趟離家出走，走得多有意義。

去博物館才是正經事

其實大部分人去博物館，尤其是歐洲的那些，都是為了拍張照片。

通常國家博物館都很宏偉，單是建築物就已經深具歷史價值。以倫敦的大英博物館為例，又有多少港豬真的記得博物館裏的展品？大家都是去影內部那個一格格很高的天花板；再加一兩幀木乃伊的照片便打卡完成。

你知道這些大型博物館最麻煩的地方是甚麼嗎？展品太多，又沒有特別集中的意義。一大堆文物，就算我看了，上了飛機後甚麼都忘掉。

But that's not the point guys，從文物中得到的知識，並不是認得 1937 年 7 月 7 日「盧溝橋事變」的那張報紙封面，不是；也不是記得住最早期的人類骸骨 Lucy 被發現的位置。

由三歲第一次遠征（是由香港去土耳其，所以真的很遠）開始，我與博物館就不能分離。去了二十幾年博物館，最近終於找到去博物館的意義。星期六我去了一個沒有甚麼人知道的博物館，叫 Horniman Museum and Gardens。

Horniman 有一個小小的展覽，裏面滿滿都是可怕

又神奇的動物標本（taxidermy）。大至老虎、鴕鳥；小至野兔、松鼠，通通都有。小孩子們在博物館裏隨意奔跑，雙手按着玻璃窗，又驚又喜的看着逼真的鷹標本，原來，鷹展開了翅膀，可以比一個人更大隻。

這就是博物館的意義，啟發意義（inspiration）。

不是每一個人長大都成為動物學家、博物館館長。一個博物館最重要的地方是展示了一些我們日常生活不會時時接觸到的東西，不論是在地域上的（好像是非洲的圖騰柱 Totem Pole），又或是時間上的（好像是第二次世界大戰的兵器）。

很多亞洲的孩子被教育到成長只能想到很狹窄的工作品種，讀得到書的都是會計師律師醫生，讀不到書的好像就是文員一枚。其實這個世界很大，有很多工作是我們不知道的，一個博物館，就是能夠啟發他們去尋找他們可以試的機會（options）。

本人小時候在坎培拉（Canberra）去了個不錯的國家博物館，無緣無故的跟父母說我長大一定不做人類學家（應該是因為看了他們要在烈日下挖地感到很辛苦），殊不知，若干年後在選大學學科的時候重遇人類學，想起小時候看過的東西，緣份就是這樣把我和人類學再次連結在一起。假如我聽都沒有聽過人類學這一個字，想必在看大學收生目錄（prospectus）的時候必然會全然忽視。

這是一個很實際的例子，但我們吸收事物的能力就是這樣玄妙。甚麼東西烙印在我們的腦海，我們就開始留意那個類型的事物，最終塑造了我們是怎樣的人。

博物館的另一個重要性，是提供不一樣的角度（perspective）去看待事物。一個人擁有了比這時這地（right here right now）更大的空間感，量度會變得大一點，對待事情的胸襟也會大一點。

你可能不相信，但一個人的量度是可以增大減少的，愈把自己困在一個小空間，就算是出國也選擇做在小空間才能做的事（例如在香港食玩買在外國也是食玩買），這個人的量度一定會比不停學習和觀察的人小。

星期六去罷 Horniman Museum，見時間尚早又去了附近的 Dulwich Picture Gallery。那兒剛好有姆明的展覽。創作姆明的人叫 Tove Jansson。這個展覽展出了她早期的繪畫作品，由第一幀油畫到最後一幅自畫像，以及同一幅姆明插畫，Jansson 不同的草稿。

這個展覽給予我不一樣的 perspective。像 Jansson 這麼成功和有天份的人，同一張姆明與朋友的畫，她都畫了好多遍。滿滿都是交叉和註解。就是這樣努力不懈、精益求精的認真精神，才令到她的作品能夠這麼成功。

作為寫作人的米多莉，看到這些草稿感受至深，對於我創作的動力、和要如何寫下去，這個展覽給予了很大的啟發和方向。尤其是她的油畫創作，基本上比她的姆明 illustration 賣得差，用的時間卻又更多，可是她很喜歡油畫；於是姆明開始成功的時候，她收到愈來愈多的錢，便騰出更多的時間畫油畫，那是一個看得多透徹的 perspective！

希望你們下次去博物館的時候，能夠讓你的好奇心帶動你的腳步和眼睛，讓文物啟發你，改善你的 perspective。

Horniman Museum：100 London Rd, Forest Hill, London SE23 3PQ

Dulwich Picture Gallery：Gallery Road, Dulwich SE21 7AD

心靈應急裝備包

日本人防災意識很重，因此每個人家居自備災害時用的急救包包。有水，有罐頭食物，有被子等等，我覺得是個十分重要的概念。

這樣不由得令我感恩自己住在天然災害較少的國家，但不等於我們的人生中沒有災害。人生中一定有及不上天災人禍，但也會影響我們成長和生存的災害。在香港，這類的災害很多，小至小學生的學業壓力，大至老人家在老人院被非人道對待；到我們事業失敗、炒樓炒燶、愛情失意、被女神欺騙等等等等。

你以為我講笑，其實我們應該認真對待這些所謂的 first world problems。因為，我們一直以來把這些看得太渺小，但你知道，我們是渺小的小角色小市民，我們會被傷害的，或者真不是甚麼大事；so what ？難道被人甩就不是悲哀事嗎？難道，入唔到大學要讀個副學士不是令人氣餒嗎？ of course it is，因此，獨自在倫敦十這個城市居住多年的米多莉，在被現實虐待至體無完膚的時候準備了應付心靈災害的裝備包，應急用。

1. 一本旅遊書

是你一直真係真係想去的國家，不是那些美食購物觀光團，是你背着背包要去看的國家。買一本有歷史說明的旅遊書，有點彩色圖的，專業點的那種。米多莉那一本是緬甸。有一天你知道自己真的要逃生，都提醒自己可以出走去哪兒，可以去哪裏體驗一下生活，好好清晰頭腦思考吖嘛。

2. 小時候的筆記本

雖然依家啲小學生好慘，聽講冇乜童真……但是我們這一代，都總算有個童年，又曾有天馬行空快樂的階段。當年的紀念冊或者小筆記小日記，其實都值得儲低一本回顧。回顧有兩睇：1) how far have I gone off my dream path（我離開我的理想多遠）and 2) how much of an idiot I was in the past）從前我是有多麼的白癡）。不是甚麼有深度的東西，有時候拿來緬懷一下當年，笑一笑哭一哭而已，放鬆一下心情，但有時都可以做點提醒。

3. 定額儲錢罐

因為作者住英國，所以這十年都有個習慣，就是每次得到一個 50p 的七角形銀仔，就會儲入去逃生儲錢罐入面。50p 不是很多錢，但是儲吓儲吓，小小的離家出走（就算係一日海邊也好）都可能有啲機嘅。如果你錢多或者野心大，都可以儲吓錢幣的，每次有張一百蚊就收入去個小錢包度，待要出走一下，個心會定一點。同埋這個是你的「任性應急出走 Fund」，有氣派喎。

4. 一本冇間線的簿仔

細個要做抄寫簿，成日俾人教要點喺條單行線上面寫字。來到英國，先知你點寫其實都冇所謂，只要寫得體面，你打橫寫都冇人 care。但我們香港人被困在某一個框框太久了，一本冇線的簿仔是給你跨一小步。想喺上面畫嘢、寫人生大計，變五線譜寫首歌仔又得，乜都得，得咗。

5. 珍惜的照片

你可能覺得菲林相、寶麗萊懶文青，但其實相比手機裏的照片，實體曬出來的照片好重要。試想想，多年前出征的軍人，沒能用 iPhone 上網，胸前口袋裏總袋着情人家人的黑白照片，閒時邊抽煙邊想念他們。這時一槍，打在軍人的胸口，也打在照片上，在千里遠的家人忽然瞪住，第六感感到失去了一些甚麼。(腦洞大開中，重返正題)，我們在追求一些生存的東西(工作、錢、上車)的時候，人之常情，會忘記了人才是最重要，逃生不是一定要一個人出走，也可以出走困境，重返 what really is the most important 的人事當中。

選五張相保存在急救包裹吧，你會發現想念的從來不是自己豪宅外的海景，而是在海景前自己摟着的家人愛人。

6. 跳繩

不是給你吊頸，求你唔好誤會。真的是給你用來跳繩的。點解？因為香港人唔做運動；唔做運動又點？會釋放不到多巴胺(Dopamine)；冇多巴胺又點？人會唔開心囉？人唔開心應該點？做運動囉。所以人在最困惑的時候，可能物件 3 儲錢罐仲未夠錢俾你去到物件 1 旅遊書那個國家，睇完物件 2 舊筆記和物件 5 舊照片，令你更加欷歔的時候，就算有物件 4 冇間線簿，有時都冇 inspirations。你要立即做的事，其實是運動，咁點解要跳繩？因為好 high 的，又有小時候跳大繩的 FU，又易收埋在背包裏，你去旅行都可以帶着它，何樂而不為呢？

後記：I am not joking, I really am not joking guys. 請關注自己的精神健康。

把自己看小一點

日復日地坐着地鐵，剛好從書堆裏抬起頭來，為這個車站的建築感眼前一亮。鋼鐵架起的空曠車站，紅白相間的月台顏色，有一份時代的寂靜感，卻與剛油好的油漆新感形成微妙的對比。

這是倫敦 Algate 車站。

1856 年啟用，是最早期的地鐵站之一。在開發這條地下鐵路的時間卻是困難重重，當中最令人噁心的原因是，這個車站曾經是埋葬了上千因為疫症而死亡的屍體的地方。

2005 年，倫敦 77 恐怖襲擊，那爆炸的列車正準備駛進這個車站。

我坐在車廂裏，看着這份令人心寒的史料，覺得這個車站好大;我以為這只是一個普通的車站，可卻傳奇得盛載着歷史的宏偉。

頓時覺得自己作為車站接待過的無數列車，而又只是列車裏一名乘客，感到微不足道。

説這個給大家聽，是因為覺得我們有時把自己放得太大。這是所謂的自我中心，有時卻只是單純被自己手上的問題蓋過了自己。我認為，必須要把自己很渺小的事實認清楚、記牢牢。

人面對不好的事很容易鑽牛角尖，這個時候我會建議你練習看輕自己，不是輕看自己，是把自己看的輕一點，小一點。

我喜歡英國高質素的大自然節目《Planet Earth》，最新那套有很多動物在極地求生的片段。我們會知道所有的動物植物在任何環境裏也是這樣努力地生存着，個個都有被了結掉的危險。除了第一世界的寵物外，不過牠們也有被遺棄街頭的危機。

豹要追趕羚羊，羚羊不會想太多，為了生存，一個勁兒在懸崖上鬆脱的沙石上逃跑。我們都是一樣，每天在避開小人和可怕事的追捕，在艱難的環境中學習一套生存模式，但求自保。

當我們知道原來世上一切在上億計之年來都做同一件事，就是生存。既然如此，生存必然是困難。

轉個頭來，《Planet Earth》又展示一段在旱地之中找到水源，所有動物忽然有了共識，不互相傷害，和平喝水的片段。

生存必然是困難，幸福有時來得這樣不輕易，這樣稀少。或許一個大一點的世界觀，一個接受自己是渺小的現實觀，對面對殘酷的世界和困難比較有幫助呢。

赤子之心

我在火車上不經意聽到兩個小男孩的對話。他們在聊着足球和汽車的話題，輪流發問和回答：講出五個巴塞足球員的名字……梅西、尼瑪……；講出五架 mini 車的型號名字 mini cooper、mini countryside……他們滔滔不絕地講了至少二十分鐘，有時大笑、有時想不到答案便十分苦惱、有時指出窗外有趣的事物。

思想負面而悲觀的作者瞇起了雙眼，心腸歹毒的想，再過幾年你們就會為青春期、讀書壓力、兩性關係等事情而煩惱。成長，在我眼睛裏不是好事。

這時候在火車上突然有一把成年男子的聲音加入了這兩個小男孩的對話。應該是其中一個男孩的父親，他説夏天終於來了，下個星期可在家的後花園燒烤，邊踢足球。他的聲音雄壯有力，聲線卻是溫柔爾雅。我輕輕轉頭去看，他正用其大手摸着孩子的頭顱。

在成長的過程中我常常因為太專注所謂的成就，我想很多人也像我這樣，勞勞碌碌得疲累了，而忘記了真正能令自己快樂的，通常不可能是成就、金錢和工作的本身。通常有很多錢的人不會因為能買一個很貴的手袋而滿足；相反，會為買到一個手袋而滿足的人通常是苦苦儲錢、天天去櫥窗前張望的人。可是，我更清楚當我們終於擁有了那朝思暮想之物時，他們的價值和意義就會立馬下跌，可貴的變成隨身之物，one of the many。

你問甘比對於自己擁有的愛瑪仕手袋有甚麼看法？她的愛一定不及那個拿了成年的糧分期供栢金包的中環OL。

孟子說：「大人者，不失其赤子之心者也。」

這裏的大人不是指成年人，是指偉大的人。很多成年人都沒有赤子之心。你看咱們官場，一個個小人，非大人也。

庸官有沒有赤子之心不打緊，在被殘酷的現實壓榨着的我們有沒有才是最重要的。赤子之心，就是像孩童一樣擁有一顆率直、純真、善良、熱愛生命、好奇而富想像力、生命力旺盛的心。

因為這一顆直率的心，我們才可以坦誠的面對自己；才可以看着不堪的逆境、未知的將來，才不會方寸大亂，迷失其中，忘記真正令自己快樂的是甚麼。

你問任何一個家長，就算是怪獸父母港媽級別，其實沒一個人想自己的孩子這樣流淚、不會想聽到九歲的孩子自殺。當父母的，我肯定是希望孩子健康快樂有目標的過其一生。可是在一切現實的紛亂中，這些父母都失去了赤子之心，迷失了，然後他們的孩子，連赤子之心都沒有擁有過，不要說熱愛生命、富想像力等，all jokes, sad jokes。

看罷這篇文章，不如收埋部手機。在交通工具上的你又好，在工作崗位的你又好，停一停。給自己五分鐘，去重新與你的赤子之心連結好不好？像火車上的那兩個小男孩一樣玩問答遊戲。

你快樂嗎？你痛苦嗎？你憤怒嗎？你真正想要的是甚麼？你有去關心父母家人孩子朋友嗎？你最想念的食物是甚麼？是高級飯店的 fine dining 嗎？還是樓下茶餐廳的紅豆冰？你想周末怎樣過呢？有想再閱讀金庸小説嗎？

快樂，通常都是從這些小確幸累積而成的。

與死亡擦身而過

2017年6月3日，晚上十時許，我和父母在火車上，剛駛過倫敦橋車站。同一時間，距離我們100米的下方，有一輛車駛進人群，三個刀手斬殺平民。

正常來講，我每天都會從倫敦橋坐火車回家。可是那一天我決定帶父母吃好一點，去了Mayfair吃飯，從另一個車站上車；要不然一定會在borough market食飯，而那天晚上我們也會在街上遇到恐佈份子，也有機會被殺掉。

倫敦橋對於我來說，是星期一至五都會待至少八小時，周末都會經過轉車的地方。

This is how close I was with the terrorist attack；and maybe how close I was with death. 報紙上提到的餐廳、酒吧；人們逃難在跑的大街；他們帶着刀出現的市場，我不止知道、也不止去過，那是我的街坊之店，我的go-to pub。

2017年6月4日，我和父母又坐火車。今天，列車不停倫敦橋。我們從架空的火車軌上看下去，封鎖了的倫敦橋不熱鬧，只剩下無數的警車和警員在工作。或許是心理作用，我還隱約的看到了血迹。

這是我曾經住過三年的倫敦橋區；這是我住了十年的倫敦市。我的眼眶一熱，我們和死亡原來可以這麼近，近到甚至我們都不察覺。

2017年6月5日，倫敦橋車站半解封，只允許出口，不允許進去車站坐車。老闆說，交通不便的即管在家工作；倫敦橋的健身房和餐廳也沒有開門。我一大早坐了飛機和家人去捷克旅行，懦弱的自己覺得如果我今天要上班，也會選擇 work from home。可是同事告訴我今天接近滿員出席，即使上班要兜路，下班要用更多時間通勤。

為甚麼？不是因為冷漠的倫敦人無感，而是因為我們冷靜，we want business as usual；不想中計，恐襲就是要我們驚恐。nobody got time for that！要生活，要一如以往的生活。

星期日晚，Ariana Grande 率領很多當紅歌手在曼城開慈善演唱會，紀念一個星期前曼城的恐襲。許多倫敦人在家看直播，哭了一百遍。

現在身處捷克的我，身心一直很累。其實我很想回家。回我倫敦的家，因為奇怪地，我覺得在那裡安全和

安心，因為 that's where my home is。

心累，為英國感到憂慮、為大愛感到驕傲、為別人在自己的聖節（ramadan）反而進行殺戮而感到憤怒。

作者註：在作者編輯這篇文章的時候，倫敦橋的恐佈襲擊大概過了一周年。2017 年 6 月 3 日，我在上班，忽然聽到廣播，表示我們現在要為這件事默哀一分鐘。我剛好在一間辦公室內和老闆準備與客戶通話，但我們沒有打電話出去，因為我們相信，客戶和我們一樣，都深深明白自己曾經與恐襲多麼的接近，我們的內心為遇難的倫敦人和遊客又是多麼的哀傷。倫敦，好一個永不言敗的城市。

雲淡風輕的友誼

倫敦的友情跟倫敦的酒吧餐廳一樣，車如輪轉，每每一回頭，就物是人非了。

我與一名英國友人在蘇豪新開的酒吧內聊天。他三十五歲了，喝着 Negroni，今天的他有點欷歔。

「來這裏久了，友情好像都不是真的。」這樣的大男人説着這樣委婉的話。「我是曼徹斯特來的一個小伙子，在那邊，友誼都是地久天長的。」這個男人絕對不是一個鄉下來的小伙子，他是我們倫敦財雄勢大的一個銀行家。

「一開始來倫敦的時候，機緣巧合認識了很多南美人。他們都很熱情，把我當成兄弟般看待。誰不知甫轉頭，金融風暴一吹，他們帶着家眷都走了。」他乾了 Negroni，又向 bartender 點了 espresso martini。這個人，總是兩種烈酒換着喝，似是要麻醉自己的傷口一樣。「在倫敦的人際關係，在公在私，都是 transient（短暫易變的）。」

米多莉也呷了一口最近很愛喝的威士忌，身同感受的嘆氣了一番。沒錯，倫敦就是這樣走馬燈的一個地方，很多人來找機遇找自由找人生，找到了或找不到，

somehow 都會回到自己的家裏去。我想起爸爸在香港，有三位網球好友，每周日打波，一打就三十年了。我呢，2008 年開始去倫敦一家教會，十年過後也是人面全非，認不出幾個來。

「你是個重情的人，很難受吧？」

「起初真是難過，在曼城友誼是一輩子的，現在我回去，周五晚的那一家 pub 裏頭必定會找到我的朋友。肚子大了、頭髮少了、結婚了、生孩子了，到死之前，我知道他們周五還會在那邊喝幾 pint 打台球。我年青的時候，以為在倫敦交到朋友了，可是一轉身他們又走了，才發現那些友誼給的都是 false sense of security（虛構的安全感）。現在我老了，接受了。」

小時候看書，都說大都市都沒有真感情，原來是這麼一回事。人來去匆匆，交情都留有一條底線；接受了認命了，心態一轉就交不出真心。很多香港朋友來英國工作假期或讀書，我友善地與他們交談，可是心裏還是留了一條底線，這些友誼嘛，終歸還是短暫的。

電視上剛好播了，Boris Johnson 這個瘋子把外交部長一職辭掉，公開寫了一封把 Teresa May（文翠珊）貶得一文不值的信。這樣的利害關係不止在唐寧街發生，似乎在倫敦街頭也不是奇聞。

氣氛落到一個低點，我們乾了酒，朋友又點了 Negroni，我則要了一杯有氣水，想醒一醒腦。他忽然扭動了一個臂彎，精神抖擻的說：「但也有認識到新朋友的機會，來！我們為這份友誼乾杯。」

我舉杯，來，為我們雲淡風輕的友誼乾杯，忽然想起一首古詩：

李白乘舟將欲行，忽聞岸上踏歌聲。

桃花潭水深千尺，不及汪倫送我情。

《贈汪倫》──李白

曾經善良 1

我的朋友 Jenna 由牛津搬來倫敦三個月，除了一開始找我吃過一頓飯，就沒有再找我，煞是奇怪。於是本小姐難得開金口，主動約她出來吃飯探個究竟。

「沒有，就是跟新相識的同屋住玩得好開心，形影不離。」在 Alchemist 酒吧喝着會噴煙的雞尾酒時，Jenna 輕鬆的說道。「同屋住人很好，真的是很好很純的那一種，大老遠的陪我回牛津家搬東西，還充當我的司機。在我認識的人裏，從來沒有這樣善良的人出現過。」

「喂！這樣說不公平。我也是不錯的朋友。」人不能這樣沒良心，我還陪過你喝酒，就是聽你發老姑婆怨言呢。

「她是不是別有居心？耶 X ？還是女同志愛上你了？」我瞇起雙眼，疑心重重的問道。

「沒有的事，她人就是好。下星期六我們一起去做義工，你也來，自己判斷。」Jenna 呷了一口酒，說：「做點好事對你這個人也有好處，你已經不怎麼漂亮了，還這麼刻薄難怪沒男友。」還是一貫的口出狂言，Jenna 你這個婊子，到本人的地盤還敢肆言講話？

星期六，我們去了北倫敦一個社區中心教新移民小孩英語，協助他們功課，融入英國社會。

「嗨，你就是Jenna的flatmate？很高興認識你。」我拿出我的商業口脗和阻嚇性甚高的business handshake，要給這女的一個下馬威。

「嗨，我是Lorna。謝謝你來當義工。」這女有勁的給我回一個握手，落落大方的回應道。

Lorna可是一般的倫敦女模樣，紅髮綠眼蜜糖色肌膚，可是操着蘇格蘭人的口音。打過招呼，便忙着去把小孩子們分組，領着他們打開功課本。「米多莉你可不可以去那一桌，他們的英語比較好，你應該應付得來。」

你給我少臭屁，本大姐縱橫商場，就算他一個英文字也不會，我也可以做得成生意，這班小豆釘，誰怕誰？

説時遲那時快，我身邊的小孩子因為吃不慣英國炸魚薯條忽然吐到一地都是。

我嚇呆了，what just happened？

Lorna連忙跑來，快速扶起小孩安慰，接着又拿來清潔用品着手清理髒物，期間一直保持友善的微笑，控制場面。混亂的場面很快被Lorna處理好，她的眼睛依

然閃爍着助人為快樂之本的光芒。我有點動搖，她看來是個真會為人為到底，兩脇插刀的好人。

可我還是不能置信，世界上沒有免費的午餐，倫敦惡貫滿盈，人人心懷叵測，沒有利益的事不會幹。我太久沒有看過如此善良溫柔能幹偉大的女人，應該說除了我的媽媽外，差不多沒有見過。

這個時候 Lorna 走來，說:「米多莉，剛才有點忙，不好意思。不知道你還記得我嗎？我是 Lorna Murphy，很久不見了。」

Lorna Murphy, who ？你是誰？

曾經善良 2

上回提到，原來 Jenna 的新鄰居 Lorna，是認識本人的。

「我是 Lorna Murphy，很久不見了。」Lorna 這樣說，好像撻全朵我就會恍然大悟，晴天霹靂一樣。

「對不起，我不肯定我記得。」當然，我以盡量不令她太尷尬的高端禮貌級數回應道，我非常肯定我不知道你是誰。

「十多年前，我剛剛轉校到我們中學讀中一，你是我的學姐，還是我的 buddy，負責幫我融入校園。」Lorna 解釋道：「雖然那只是一個學期的事。本來我因為要從蘇格蘭搬去威爾斯感到很緊張的，但幸好那時候你很照顧我，我就很快找到朋友了。」

嘿！？我回想起來，中七的時候還真做過中一生的 buddy 這件事，不過後來因為要報考大學，愈來愈忙，就不了了之，說起來還真是對不起這個小孩。她一直記得我，世界真細，萬事不能料。

「呀，我記起來了。想不到你現在這麼大個兒了。」我伸手拍拍她的頭，其實她已經是個亭亭玉立的女孩子了，不過始終比我年紀小，真可愛。「所以你都長大成人，還搬來倫敦了啦？」

寒暄了一會兒後，她說：「因為你當年幫助過我，所以我現在也總想着要幫助別人。」我老尷的微笑，不知道怎樣回應。

在獨自回家的途中，那兩年在威爾斯的回憶不段湧現。

我是考完會考離開香港的，一開始去的不是大都市倫敦，而是一個放眼只有羊與草的威爾斯小鎮。在小鎮的那兩年，是我人生最快樂的兩年。不單是離開家的自由，也是我在寫作、學習和人生想像上爆發最強烈熱情的兩年。

考過會考的人通常都覺得英國 A level 易過借火，所以那兩年我幾乎都只做三件事：音樂、媾仔和閱讀。我保持寫作的習慣，卻因為學校宿舍封鎖了 Xanga，只有每星期五獨自去鎮上圖書館的時候才可以寫篇周記。那時生活很平靜，刺激大腦的反而是知識和生活體驗，而少一點是無中生有的 drama，也不是買到甚麼名牌的消費生活，十分簡單。

我的朋友很多，每天也過得充實愉快。某一天老師說，你從異地搬來英國的生活體驗，可能對一個新來威的小女孩很有用也不一定，問我要不要當個 buddy。我說好，那就是 Lorna 了。

其實我沒有做甚麼了不起的事，也不過是每周一次在午飯時間跟她聊聊天，了解一下她適應得如何。有些讀者可能會知道，蘇格蘭的口音非常特殊，其實那時我才來英國年多，不要說口音，標準英語也沒有聽講很好，所以有時候我和Lorna也是雞同鴨講。可我還記得她喜歡地理課，還有加入了學校的曲棍球（lacrosse）隊。在我要離開威爾斯去倫敦讀大學的時候，她也傷心的流淚，還送了我一個甚麼做留念（不過在某次搬屋的時候我弄丟了）。

過去快樂的回憶，要不是Lorna的出現，我已經忘記得七七八八了。有一些悲觀的人，像我，就只記得過去不快的事。尤其是今天，我有時總在問，是甚麼的過去把我造就成今天如此不堪的一個人。

我收到許多讀者的信息，很多時候都在說自己的慘事。可是我發現多跟幾個人講話，你就會知道我們個個都慘。不是父母教育太過嚴厲，就是自我價值偏低。問題其實是，如果我們慘，那我們就是不是要慘下去。就好像你的分手已經很悲慘，是不是必定要聽關心妍唱慘情歌？

或許我們有選擇權。

我們可以選擇有意識的快樂生活下去，不被過去的不快綑綁至死；又或者我們可以選擇記着快樂的事，好像我曾經熱愛過生命，這份熱情還感染了一個小女孩一樣的回憶。

或許，身經百戰、體無完膚的我們，尚且能夠溫暖人的心，紓緩身邊人緊張的神經，看到灰色的人生或許有其他選擇（alternatives）。不要忘記，曾經，善良過的自己。

Lorna，你這輩子都不會看到這篇文章，but thanks a lot, you are a star.

寄宿趣談之走廊的電話

最近我的表妹也來了英國讀書，令我想起從前在寄宿學校要講電話的事。

我們宿舍的電話設置在 boarding house 每層的走廊。

我的母親很喜歡跟我講電話，很多時候，她總是等我放學，要我跟她講講當天發生的事。

因為我寄宿的生涯已經是八年前的事了，相對於今天人人手執一個智能手機，那個年代臉書才剛剛面世，Skype 也是時好時壞的，沒有智能手機，iPhone 好像還是第一代還是怎樣，還沒有人用。

在英國，接收電話的一方是不用計錢的，所以，當要談國際電話的時候，我們總是要給母親一個短訊，讓她致電到走廊的電話，我們就坐在地上與母親談心事。

宿舍裏大概有二十多個香港人，她們的母親也跟我的母親一樣，真的很喜歡跟我們講電話。於是，我們常要輪着講電話。

老實說，在這樣寧靜恬淡的小鎮生活，又有甚麼大是大非可以講呢？可是這些母親真的有很多可以擔心的事。因為大家都要講電話，所以我就只好留在房間裏，偶然探頭出去看看宿友講完電話沒有，當朋友用完電話了，我就立即發短訊給母親，好讓她可以打給我。

這樣的生活真是很麻煩，我總是十分不情願的，百無聊賴的待在房間裏，等待着跟母親報告每一天「甚麼都沒有發生」的報告。

有時我覺得其他香港的宿友真的很厲害，他們講電話是一點兒聲音也聽不見。我的房間明明就在那電話旁邊，卻是甚麼也聽不到。相反，我講電話一向很大聲，可能因為平常我很少講電話，總是覺得看不到對方的臉，講話就要大聲一點（這是甚麼屁邏輯？）。

這樣想起來，應該全個宿舍的人也知道我洗了澡沒有、大便了沒有、吃了甚麼，測驗的分數等等私人的事了……人沒有甚麼秘密也是好的，起碼活得自在。現在回想起來，當年的秘密……我都忘記得一乾二淨了，所以有甚麼需要守住呢？

言歸正傳，因為在走廊的關係，我說話又這麼大聲，所以一定不可以講其他香港人的八卦；這樣，又再收窄可以聊的東西。

雖然如此，偶然我也會有思鄉的愁緒，這通常出現在即食麵吃光了，又或是失戀的時候。這時，坐在走廊地上的我，聽到母親的聲音就會哇哇大哭，邊大聲說話邊大哭着，造成對其他同學很大的騷擾。在此，就要跟當年同宿舍的朋友們說聲對不起了。

我在寄宿年代最好的朋友J，通常就會在我哭得最悽慘的時候行過。常常都很忙碌的她，背着重得很誇張的手袋（真的不知道她袋子裏有甚麼，我的書包永遠只有化妝品……)，飛快的走過，看到我臉上的眼淚和鼻涕，就像野口同學一樣充滿黑暗的閃走。當我知道她已經回房後，我就會收線，纏繞在她的房間裏，說着一些真實的秘密——不能告訴母親的事。

所以這樣說來，這個走廊的電話真是一點用也沒有。重要的資訊完全不能在電話裏面說，怕糗事會被其他宿友聽到，而傳揚開去……

這真是一個意義成謎的電話。

寄宿趣談—五月舞會

每年到了五月，在英國嚴格來説尚算春天。春天，是一個翩翩起舞的季節，便總得説説英國貴族學校出名的五月舞會（May Ball）。

五月舞會是劍橋大學一個歷史悠久的傳統，富有的劍橋學生，到五月的時候就開大錢買門票（真的很貴，可能要差不多二百鎊），去參加 May Ball。

帥氣的燕尾服（tuxedo）、曳地的舞會長裙（Ball gown）紛紛出場，因為五月舞會是一個隆重的場合，dress code 是嚴謹的 black tie。那一晚，有點像大家閱讀 F. Scott Fitzgerald 的《Great Gatsby（大亨小傳）》或在電影《The Theory of Everything（愛的萬物論）》一樣，燈紅酒綠，翩翩起舞，快樂狂歡，一直到翌日，睡醒在陌生人的床上，或許那個他，就是由大學一年級已經喜歡着的男同學。

米多莉小時候就讀的寄宿學校也有樣學樣，每年五月都會搞一個 May Ballzxab，只限於中六、七的學生參加，有點像美國的畢業 prom，香港的 grad din。

漸漸進入夏季的威爾斯小鎮，粉紅色的小花開滿在大樹上，風微微吹着，如此恬靜怡人，可是女校的宿舍那一天卻是一片混亂。今天我們只需要上早上的課，由下午開始，女生就開始回到宿舍，洗澡、吹頭、拉髮捲、化妝、貼假睫毛……東拉西湊的互相幫忙。

大家都拿出了最好的化妝品，把亮麗的眼影輕輕塗在臉上；有些英國人因為不滿皮膚太白嫩，前幾天已經到美容院把自己曬黑，再在臉頰抹上啡金色的粉末（bronzer），閃亮閃亮。空氣裏沒有花香，卻是髮膠和噴霧的味道。

五月舞會是和附近的男校一起辦的。大家想保持矜持，假裝是為了尊重場合；其實出盡法寶，為了令人眼前一亮，push-up bra、脱毛膏……甚麼花樣都有。大家既是緊張又是興奮，音樂聲響徹天空，大家的對話都激動高亢。

我那時的男友在男校（obviously），小鎮只有這麼大，May Ball 的伴兒當然是他。男校宿舍辦了一個在 May Ball 正式開始前的招待會（reception），我和幾位女生終於梳妝完畢後，穿着高跟鞋，坐了五分鐘的士（因為有人説穿着高跟鞋行落山很辛苦），便到了男校會合初戀情人。

大家都很帥。英國人是很尊重 dress code 的民族，平日裝帥把襯衫露出、領帶故然打得很短、頭髮如龍捲風的男同學，今天的燕尾服熨得直直的、煲呔打得整齊的、頭髮 all back 企理的。老師也在宿舍裏跟大家打招呼聊天，連挺着啤酒肚的老師們也盛裝打扮，在二百年的老宿舍裏喝着英國著名的餐前酒 Pimm's，閒聊着不着邊際的小事。

我的前男友給我的手腕戴上鮮玫瑰造的手鐲，稱讚我今天美麗如花。其實我們當年都青春，那個他的臉有幾點紅得火熱的暗瘡，我也不諳化妝，銀色的眼影一渾的癱在眼皮上，可是那一天這麼浪漫，everything was great。

五月舞會的場地不過是我們平日吃飯的食堂，當然我們的學校已經有五百年歷史了，所以就算是食堂也有哈利波特的感覺。吃了些甚麼我已經完全忘記了，在老師面前可以喝酒倒是新鮮事。我們邊吃飯邊哈拉，把要升大學考試等壓力在這一個晚上全然忘掉。

晚餐完畢我們去了在操場搭建的豪華帳篷（marquee）跳舞，學校請來DJ讓我們可以跳舞，但又規定只可以喝三杯酒。不過我在男校的reception已經喝了幾杯，大家都嗨翻了。那天的晚上，米多莉和朋友們都申請了不回宿舍的批准，跟着同學去了朋友家續攤（after party）。其實在舞會之前，我們就已經收到很多關於after party的消息，大家其實都在等這個after party。

為甚麼呢？因為After party是在一個大得瘋痲的農場辦的，是我們一位很有錢的同學闊綽地租下來。我們在農場搭建的marquee一直跳舞到翌日的早上，五時多看到日出，提着骯髒的裙襬宿醉在路上走着，我們挽手回家倒頭便睡，那一晚的事情我只記得10%。

銀色眼影早已消失無踪，回憶裏只有太陽溫柔的光、音樂的節拍，還有那個男朋友嘴唇的觸感。

十個倫敦很好住的理由

在倫敦某酒吧的牆上有一句説話：When a man is tired of London, he is tired of life（當一個人厭倦倫敦，那他已經厭倦生命）。我覺得，説得真對。

我想跟你分享，為甚麼倫敦被説成物價貴、交通差，卻還是一個很好住的城市。

1. 有時候心情不好，天氣不好的時候，行過泰晤士河的任何一道橋，看到歷史和文化交織成的美景，心情也會變很好。作者住在倫敦已經十年了，差不多天天都要過河，卻依然會有「在倫敦住真幸福」的感受，持續為河畔美景心動。
2. 吃日本菜、印度菜，甚麼國家的菜也好，通常都是由那個國家的人煮，或 at least 那家餐廳是那個國家的人開，好味道、好正宗。而且很多人以為倫敦吃東西貴，其實不。它只是起步貴，沒有四五十元港幣也買不到一個三文治加杯飲料；可是，大概五十至三百多元也就夠食好西。那天我去吃個大肉排、辣雞翼，伴啤酒和奶昔，還加一個 Mac and Cheese，每人也是二十幾鎊。Not bad ！

3. 有好多可以喝酒的地方，喝酒的地方也不貴。聽説香港好一點的地方，喝杯 cocktail 要 200 港元！好可怕！那是倫敦 Ritz Carlton 酒店的價格了！
4. 去蒲就去蒲，不會有人説你是豪放女；去蒲就是去跳舞，不總是酒池肉林，個個都老謀深算想執屎回家度春宵（當然這樣的事也會發生，但至少不會一入場就被異性 X-ray 眼掃清光！）跳就跳，笑就笑，第二天邊宿醉邊懷念昨晚的過去。
5. 東南西北倫敦的風格截然不同，北有 Punk / Gothic style Camden Town，東有最新潮人 hipster culture Hackney / Shorditch，西有傳統富戶奢華優雅 Sloane Square，南有新到倫敦的年青人最愛的 Clapham。你可以去飽覽所有的地方，吸收各地精華；也可以選擇只紮根一個方向，讓自己的個性盡情綻放。
6. 夏天雖短，但陽光猛而不烈，空氣熱而不濕，十分適合坐在草地上，喝着香檳吃着草莓，躺着看花看鳥思考人生。單是倫敦野餐的快樂，就夠本人一輩子留在倫敦了。公園很多，又在市中心，很容易就去得到。冬天雖冷，但依然可在攝氏一度的冷中穿梭城市，沒有香港那刺骨的寒風，靜默濕潤的空氣有時候令我想起悠然散漫的日本小町。
7. 咖啡廳要甚麼呢？好的咖啡，坐得久的好沙發，可愛有禮的員工，質素好的食客。倫敦有無數咖啡店讓我們喝真嚐清，享受美麗的下午。就是坐着喝杯 soya flat white，看看旁邊在寫劇本的帥青年，心情也就好了。

8. 就是在街上行着，琳瑯滿目的不止是好的店鋪，還有建築物、人民、老爺車、河邊、花草、小公園……很適合散步的一個城市，而且尚算比巴黎少一點煙頭和狗屎。嗯，呼吸到面包店傳來 Brownies 的牛油和巧克力香味，或許永遠及不上法國的出品，但依然是香噴噴的小確幸。
9. 不用怕肥。我在倫敦食很好，喝很（太）多，可是不怎麼擔心會長胖。因為很多倫敦人的生活習慣很好，有很多跑步散步的地方，也有很多街跑的人，做運動是一種文化，有人陪着做是一份動力，因此，相信我，就連喝啤酒也是站着喝，我們在倫敦住會瘦下來。
10. 香港街上，婦女沒有下雨也撐傘；倫敦街上，下着毛毛雨大家也懶得理會。為甚麼那是一個「很好住」的理由呢？因為自由。不怕陽光曬黑自己、不怕毛毛雨弄濕自己，特別舒服。

原來上面的那句話還有下聯：For there is in London all the life can afford（因為倫敦有人生能賦予的一切）。這當然是一句老話，今時今日的倫敦，在脫歐的光景下前景變得愈來愈不確定。但倫敦是一個經歷了無數風雨，無數大火、雨災、疫症的地方，我相信並期盼這個城市有頑強的生命力去抵抗大環境的變遷。我想一直都在這裏，愉快地散步在泰晤士河旁。

倫敦也有討人厭的時候

倫敦雖好，但有時候真的令人很沮喪，讓人想立即離開。米多莉當然是非常偏頗，因為我已經很難想像自己離開倫敦了，就好像《色慾都市》裏的四名主角，沒有人可以接受離開曼克頓一樣。這樣的國際都會（metropolis）有獨特的魅力，而住在裏頭的人也無法適應都會圈外的世界，不過我還是絞盡腦汁寫了幾個倫敦令人倒胃口的地方。

1. 最沒有禮貌的倫敦人都集中在繁忙時間的地鐵車廂裏。相反來説，在這樣糟糕的地鐵車廂裏，再好脾氣的紳士也搖身變成流氓，很少人會讓座給任何人，包括大肚婆。他們會抱怨帶着行李的旅客和帶着小孩的家長，內心討厭他們為什麼非得要在繁忙時間出現在交通工具中。這些人不懂得倫敦人在繁忙時間有自己的秩序，每個人行的每一步，甚麼時間把 Oyster card 拿出來，耳機的聲音要多大聲等等，這些非倫敦的上班族完全無視生存的潛規則，打亂我們的節奏。再加上超貴的交通費和永遠 delay 的火車班次，相信我，在倫敦通勤是世界上最悲哀的活動。

2. 倫敦的冬天可說是沒有甚麼事可以做。若果你喜歡藝術展博物館，傍晚六時以前是可以去的，可是周末總是有大批的人潮。去看大英博物館，真心不是去拍照而是學習的話，會無奈。看個展品必先超越重重人牆，其實跟去尖沙嘴廣東道迫沒差。有時候我想呀，倫敦嘛，做金融和政治中心便成，別當學術和旅遊中心可以嗎？怎麼這樣多人都擁擠到此呢？說遠了，冬天晚上，四時日落，街上真冷，不宜久留，除了吃喝，都關門了，百無聊賴。所以旅客如果打算在這裏多待好幾天，沒有錢和心情外食了，建議 plan trip 時找個可以自己煮東西食的旅館 /Airbnb，有時候唯一可逛的便是超市，給自己弄頓好吧。
3. 說起超市，零食的種類真讓人心淡，基本上是朱古力、幾款味道雷同的薯片、同薯片一樣味道的爆谷、和又肥又油的蛋糕。最近 Kitkat 努力想打破「選擇類同」的問題，結果搞出了甚麼新花樣呢？牛奶朱古力、白朱古力、花生醬、雙重朱古力、朱古力與花生醬……究竟你的誠意和創意哪兒去了？！可那不是 Kitkat 的錯，他們要拿出新口味來一點也不難，從日本進口抹茶味、清酒味、草莓味 Kitkat 便行。要怪就怪英國人不賣帳，他們不敢試新東西！曾經有一個英國同事跟我說，米多莉我無法吃你帶來的零食，因為我不吃外國的零食（foreign sweets）。阿姐姐，我不是要你吃泰國的榴槤糖，我帶回來的不過是葡萄牙的糖果而已！

4. 在香港老蘭玩到夜深（early hours），有時會散步到巴士站散散酒氣，免得在的士上大吐特吐。街上有老鼠和垃圾的凌晨，穿著短裙的自己覺得還 OK 的，應該可以安全回到家的。可在倫敦不，不要說 early hours，周末十一點都還沒到，醉翁就已經滿街都是，感覺真的很不濟。如果他們不來搞事，在地鐵或巴士上都會大聲叫嚷，非常擾人。總之狂歡過後又醉又累的時候，總覺得這樣的結束令人感到非常不安，過來人建議，還是跟你的朋友們坐 uber 回家吧。
5. 為甚麼深夜在香港會覺得安全呢，其中可能因為有 7-11 的存在。餓了還可以進去弄串魚蛋呢！倫敦可沒有，就是 corner shop（街邊小店）也開到大概 11 時左右就關掉了。狂歡後還開着的，大概就是麥記和 kebab shop（烤肉串店）了。有時候晚上餓了或想喝杯小酒，這些都要預先想好的，因為要叫薄餅或中國餐外賣也要等上好一陣子。總之我的家一定會準備好足夠的酒和即食麵，可謂有備無患。尤其是跟同事朋友在 pub 喝多了的星期五，回到家那碗辛辣　加雞蛋，真是爽到不行。
6. 說罷倫敦的冬天，更令人無語的可謂倫敦的夏天。這個如夢又似假的季節，只有幾日，像日本櫻花，短暫而奢華，遇上皆是緣份。作者寫的時候是八月，昨晚我出去吃飯，雖穿了短褲，卻還是要搭件毛衣，so sad，走路回家時還感到雙腿微冷呢！雖然如此，但在熱浪要來的日子又會帶來煩惱。夏日炎炎的地鐵車廂是有多難熬！我們的地鐵太舊了，又小又沒有冷氣，每個人都好熱好臭好黏。所以，我在這裏懇請來英放假的朋友們，請隨身帶備止汗劑唷。

吐槽香港

有些女人，散發酸臭的異味

最近我的朋友Jenna的朋友結婚了，Jenna難得由牛津來到倫敦觀禮，說一定要在婚禮後跟我喝杯酒。

這麼久沒有見面，當然好。在Mayfair的Duke's Hotel裏有一個安靜悠閒的小酒吧，本來打算去酒店的Champagne Lounge的，可是一見到Jenna像吃了屎的臉，我就明白她要烈一點點，慶祝用的氣泡酒今天不適用。

果然，一坐下Jenna就要了Gin martini。我這個人最喜歡就是Gin，可最不喜歡就是Gin martini，沒有必要的烈，以為自己要跟伏特加比拼誰比較像消毒藥水。我點了Port and tonic，這是我最近去葡萄牙旅行嚐到的，甜而濃郁，馥香撲鼻，當然是酒單裏沒有的。

「我以前喜歡過新郎。現在他都結婚了，我還一個人坐在這裏喝酒。」Jenna呷了一口消毒martini，說。今天是一個訴苦的下午：「為甚麼我還是單身？那個新娘也不怎麼好看，你說，那有新娘在自己的婚禮都不好看的？

「有些人化了妝也是醜，這只能說明新郎的口味獨特，我們的美麗太過平凡，入不到他的眼內。

「我巴不得他們快點離婚。」Jenna 乾了她的酒，一連串地詛咒這一對新人。

一個女人最不吸引人的地方不是她貪慕虛榮、不是她愛講是非、不是她八卦沒有深度，而是機心重、心腸毒。這樣的女人像白雪公主裏的巫婆、哈里波特裏的恩不里居教授、或者小魚仙裏的烏蘇拉（Ursula），都令人嗤之以鼻，她們的醜是由烏黑的心散發出來的。

雖然說男人的頭腦不複雜，但他們也不是呆瓜。除了看樣看身材之外，一個男人也會感受到女人散發出歹毒的邪氣，就算外表如何出眾，男士也會避而遠之。因為吃不到的葡萄是酸，妒忌的味道也自然是哀怨而酸臭的。

我不想明言，但我不禁暗忖，姿色不錯的 Jenna 是不是也散發着這種毒蘋果不能吃的警號。

「身邊一個個人都結婚了，甚至有根本沒有興趣結婚的朋友也拉埋天窗，這一點是真的不好受。」──酸臭。

「漸漸地，三十歲就近了，身邊男人這麼多，卻沒有一個人愛得過，愛得過的又不愛我。」──酸臭。

「So sad，好欷歔，you know?」──酸臭。

尤其是在婚禮這種幸福飄飄處處聞的場合，擺到明來搵仔的女人，desperate 的急燥感就這樣赤裸裸的呈現出來。一個人，被這樣望到眼甘甘，就算是優質股也會不高興。喂小姐，去吓婚禮啫，你的心機也太重了吧？

「男人覺得有魅力的，是一個可以為自己的處境處之泰然，想想愛情以外其他的事情，令自己的生活舒暢的那種女人。他們的智商應付不來狠毒的，你明白嗎？」

我怕我自己講的太過份，Jenna 已經因為前度結婚而心有不甘了。

「噢，或者這就是你比我醜樣但都比我多人追的原因了，因為你不恨嫁。」Jenna 喝下最後一口 Gin martini，看來這杯酒沒有消毒的功效。

有些女人，不論怎麼勸告，始終散發酸臭的異味。

兩個從土瓜灣出身的女人

Jenna 最近她又在我的生命出現，令我想起令人啼笑皆非的往事。

那是我們大學時代的事。有一個很有錢的大學同學，在泰晤士河上租了一隻遊輪舉辦自己的二十一歲生日派對。你知道的，二十一歲是很重要的日子，因為是美國的成年歲數，所以他的父母在土瓜灣買了一個單位給他。Just like that。

「其實我不明白他們為甚麼買土瓜灣的樓，難道他們認為我會住進去嗎？土瓜灣耶！ Where is that?」有錢仔這樣說。在倫敦的有錢香港學生，通常不是住新界西貢的別墅，就是住中上環的豪宅。

其實 Jenna 剛好就住土瓜灣。不過她卻說：「對喔，不知道土瓜灣在哪裏，新界麼？ So far ！我 prefer 上環。」

我在旁眼看着 Jenna 睜眼說謊話，為了控制面部表情，惟有努力的喝香檳，如果香檳的杯可以再大點就好了，我就可以把我的臉完全埋進去，不讓人們看到我不屑的嘴臉。

「我覺得土瓜灣不錯。我自己都住土瓜灣，雖然有點舊但人情味濃。而且將來會有沙中線，出入會很方便呢。」一名吸吮着 vodka cranberry 的女子說到。老實講她不是很漂亮，頭頂着長長的黑頭髮和非常日系的齊陰留海，穿着一條不鬆不緊的藍色裙子，外加一條黑實的絲襪，與在場所有 ABC 感覺很重的「expat」女生完全格格不入。

這個女生，後來我們知道，是一個在土瓜灣長大，自小跟家人回教會，讀公立學校，靠着良好的高考成績來倫敦讀大學的女生。這個女生，在七年後的今天，要與有錢仔結婚了。究竟如此平凡的女生是如何嫁入豪門的呢？而她在嫁進這個鉅子的家族後，又過着怎樣的生活呢？所有當年參與了船 P 的人心裏都問着這些問題。

Jenna 喝着 cosmopolitan，一臉不滿的説：「她一定會被要求喪生仔，生到有仔為止。豪門媳婦不易做，you know。」吃不到的葡萄是酸的，唉呀好酸。

其實我跟最後嫁入豪門的女生很要好，我知道有錢仔在大學畢業時已經好愛她，想跟她結婚，可是她一直糾結。她看着《壹週刊》，不想過那種豪門明爭暗鬥的生活，也好怕會有像 Mandy Lieu 一樣的女人明搶別人的老公。

「你知道這三年間有多少像 Mandy Lieu 一樣的女生想從你的手上搶走有錢仔嗎？在最年青的時代，最可以玩女人的時候，有錢仔不是一直都與你在一起，甚至每個周日陪你去教會嗎？」我心裏想起積極又可憐的 Jenna。

在婚禮上（補充一句，是在 Claridges 低調但奢華的西式晚宴），有錢仔說：「關於我們，有很多人說很多的話，可是我老婆卻好像選擇性失聰似的，真心的與真心對待我們的人交往，令我明白人情和友誼的可貴。所以，我也帶着明亮的眼睛，娶這個腳踏實地的女人回家，她是我在倫敦最大的驚喜。」

我在觀眾席想起 Jenna，她當然沒有被邀請，連認識一下其他富戶的機會也沒有。

噢 Jenna，兩個都從土瓜灣出身的女人，一個真誠一個虛榮。

4招打造偽ABC女神

昨天跟一些從香港來的朋友食飯，了解一下香港流行文化的最新動向。說起現在的香港女生流行偽裝成ABC（American born Chinese），不過主要都是穿著少布的衣服和塗着紅色指甲踢人字拖的刻板形象。

各位讀者，扮ABC真的不是問題，本來香港就是一個中西交匯的地方。可是，米多莉留意到有些人假裝得過於粗糙，貽笑大方。

首先，有很多港女不太明白，其實外國人也不是只有一款。大家似乎都十分熱衷於走美國西岸A&F「露出身體每一部分」的風格。其實這不過是十分少數的「外國人」才會這樣做，很多英國鬼佬來到香港，看到這些東洋女子穿這麼少布，心裏面就會有：WOW東洋女子如此開放的錯誤印象。

住在英國這麼多年，當然深明刻板印象（stereotype）並不能正確的代表一個國家的文化。隨便舉個例子，某些美國東岸的女生就穿得比較保守和成熟，某些英國的女生就帶有點古著風……不是每個國家都流行穿熱褲吊帶上衣。

米多莉六月的時候回港一趟，去了蘭桂坊。那妙齡少女穿着貼身超短紅裙，踏着高跟鞋，醉了，在路上說：「Oh my god this heel is so painful la！」然後，她的隨行女友說：「No problem, we will go home now la, OK?」

當下，我抱着學習的心態在想：「OK la, you fai d go home la, my eyes roll to the back of my brain la you know?」（直接翻譯：OK 啦，你快點回家吧，我的眼睛已經碌到後腦勺去了。）

ABC 其實可以指美國或澳洲出生的。不過跟香港聯繫最緊密的，應該反而是 BBC（British born Chinese），因為很多香港人都會去英國留學。不過香港朋友一理通百理明，反正我們的偽 ABC 女神根本就是香港製造，A 還是 B 還是 C，又有何相干呢？

為了我下次回來的時候不在蘭桂坊聽到趣味英語而口吐白沫或笑到甩褲，我決定親身函授偽裝亞裔洋妞的秘技。本人居住英國多年，深受當地文化薰陶，加上人類學學士的訓練，對人類次文化有高等的觀察及分析能力（笑），這四招，包變身。

Let's get started！

1. 頭髮不一定要十零分界

偽洋妞最喜歡就是將頭髮分成違反自然的十零分界，抵抗地心吸力，最後惟有不停用手撥頭髮，令頭髮如貞子散落一臉。

我認同凌亂美絕對是偽洋妞的特性，要營造沙灘美女的隨性感，請帶備 Styling 用鹽水，在半濕半乾的秀髮上，向着髮根噴幾下，再以頭頂向後梳的方式，利用五根手指粗幼不一的率性美，營造令人心動的 Beachy wave。

如此一來，也不必再以「訓歪頸」的靈異頭部傾斜角度生活了，長期這樣下去，對脊椎也不好吧？我在倫敦這麼久，也只看過亞裔偽鬼妹有這樣東歪西倒的頭部狀況，謹祝你們能夠正直一點，身體健康！

如可以染髮，千萬不要挑染髮（highlight），真的過時了。現在流行 balayage，像我女神 Jamie Chung 一樣。真的很方便打理，新長的頭髮是黑色的也沒有關係，因為本就是漸變金色的髮尾。

2. 像真度 10 倍增——珍珠配件加小巧首飾

如果你手腕上有一條 Pandora 的手鏈，那我們都知道你只不過是一個愛收兵的港女。但如果你想做一個偽洋妞，相信我吧，優雅的配飾比 A&F 的無聊手繩來得更強勢。

英國就特別流行珍珠首飾。在很多港人眼裏這是十分老土的珠寶，可是，一對小小的珍珠耳環，卻能夠把你整體的形象提升。在特別的日子配上一條幼幼的珍珠頸鏈，着實是蒂凡尼的早餐（Breakfast at Tiffany's）的浪漫。

簡約自然，珍珠手鐲配上幾條手鏈，還是旅行時購入的小首飾，不但美麗，也製造聊天的話題。當一個帶一點點閱歷和世界視野的女孩子，總好過只懂假裝卻沒有實際內涵的軀殼。

3. 冬天來了，穿卻爾西靴才對！

英國是一個寒冷的國家，同樣的，美國東岸也有嚴峻的冬天，甚至有型的北歐人，人生有一半以上的時間也是在寒冷中度過。這樣説來，沒有理由你一句 Hollister 的 Sales 個個都穿拖鞋就過得去吧？

當然你要露腿露肉大家也看得愉快，但香港的空調這麼冷，為甚麼要這樣迫自己呢。有好幾次，我在中環 IFC 見到美女們穿着小背心、超熱褲、踢拖鞋，我就會想，香港不理天氣只顧偽裝的暴露狂真不少呢……

Chelsea boots，每一個英國的女生（和男生）也總會有一對。深咖啡色的皮製短靴，一年三百六十五日都可以用，幾乎去任何場合也可以配襯。裙子又得，褲子又得，得咗。

4. 背一個皮製包包，走一轉成熟風。

中學時代放假回港的時候，帶着一個在英國買的皮包。暑假跟香港的老朋友出去，發現他們都在背一些很可愛的布製背包。在那一刻，我就深深的感覺到，或許我已經走上一條不一樣的道路了。

是真的，從中學開始英國女生就比較習慣使用皮製品。個人來説，一個皮包，可以提升你的氣質很多倍；若果配上珍珠耳環和短靴，就是徹底的偽洋妞風了。

一個用得舊舊的皮包，低調而有個性。我猜偽洋妞風最重要的一個元素，就是東西不必打理得很好，皮具靴子有一點舊舊的，反而更有味道。

最後老戲骨米多莉忠告大家，如果你要偽裝到底，那包包裏總要有一本英文書吧？不要猛玩你的手機了，給你的地鐵旅程帶來一點氣質，閱讀一本好書吧。

如果你自以為自己是一個「鬼妹仔」，卻認為我以上所說的是新鮮的事，那麼你就要去去旅行（或是真正的去留學一下）。世界這麼大，那會有一個只著 A&F 的「ABC」族群呢？

拋書包說爛英語，俗語說一開口就破功。說着爛英語，用鬼妹腔說廣東話，尤其是在中環、尖沙嘴和九龍塘又一城一帶，就不要這樣虎爛人了好不好，萬一你身邊有一個真的亞裔洋女，她聽到你這樣講話應該當場會暈倒，哭笑不得。沒有出過國而想偽裝，那不如壓根兒多看書多練習英語，做一個稱職的洋女孩。

為何港女總是要扭計

A：我想食過海嗰檔雞蛋仔，你買俾我丫。

B：嘩咁遠，來回都要成個鐘喎！為咗個雞蛋仔唔值喎。

A：唔制呀！我要食雞蛋仔呀！唔係北角嗰檔我唔食！

B：唉呀！你唔好咁啦，下次過開海車你去買啦！

A：唔制，我一定要依家食呀！我要食雞蛋仔呀！

B：………

究竟A是一個小孩子，還是一個港女呢？在香港，我覺得兩者都有可能。港女，有時會跟一個乳臭未乾的小童一樣，特別喜歡扭計。

根據米多莉多年的觀察，這應該就是港女特別討人厭的地方。

心理學有一個理論叫Parent──Adult──Child Model去把人的對話方式分類。扭計的港女，就是明明是成年人，偏偏要用小孩的方式去講話，絕對可以唱番首S.H.E.的《不想長大》來諷刺一番。有可能是沒有從小孩模式成長過來，又或者是社會風氣的問題，可能阿A扭扭吓計，B真係會撲過海買雞蛋仔都不一定，GG，奸計得逞。

老實說，來英國以前我也是個不折不扣的港女，無他，我們的港產片和文化把我孕育成一個這樣的人。但過來英國後，這種孩子氣的對答方式完全唔 work，其他人也不會因為你裝可愛、撒嬌或是發脾氣而遷就你。最多覺得你癡線，蠻不講理。不過前幾天，我向約會對像撒嬌做了一個可愛的鬼臉，他百思不得其解的看着我，問我是不是肚子痛。

諗深一層，這種講話的方式會給關係帶來很多麻煩和衝突。無風起浪，實在係嫌這個世界不夠亂，香港社會怨氣不夠重，把脆弱的感情徒添一點裂痕。

有沒有想過可以換一個成熟一點的方式去表達意願？好像是這樣：

A：我想食過海嗰檔雞蛋仔！

B：嘩咁遠，來回都要成個鐘喎！為咗個雞蛋仔唔值喎。

A：但係我好想食喎。

B：咁不如我哋去樓下嗰檔啦，又唔係唔好食。

（考慮一陣）

A：咁又係嘅，不過下次過開海你要車我去買㗎。

B：梗係冇問題啦！

這是某一個星期六，我看到一個新娘在自己的婚禮上發難渣黑面扭計的時候，深深體會到的一份悲哀。Why do you do this to yourself? Why.

我是不是港女？

鑑於本人對「港女」文化精闢獨到的分析，常有人問我這個尷尬的問題：你覺得我是不是港女？

每每有人這樣問，我就會覺得她們很不近人情，我最討厭這些明知故問的問題。你是想我說你不是嗎？那根本就是 fishing for complements（兜個圈讚自己）；還是想我真心回答，然後嬲咗我呢？這樣有心刁難的問題都敢問，還需要我告訴你自己是不是港女嗎？

有些人不能理解以上的觀點，那好，米多莉在此給大家一個正式的回應。

如果你懷疑自己是不是港女，那麼你應該是一名港女。

港女的定義甚廣，以比較負面的角度出發，通常指兩種意識形態：自我中心、自以為是、動不動就生氣的人；同時也指那些貪慕虛榮，喜歡在人前或社交媒體曬命的人。這就是最究極港女的地方，生活的二三事只能用自己的觀點感受，然後排斥任何他人的看法，同時把客觀的事情夾硬扯到自己身上來。與其給自己一個標籤，不如看看你真實的心理狀態。

如像我寫過一篇港女「扭計」的文章，如果港女想食魚蛋，她會叫男友過海買北角魚蛋給她（只顧自己感受），男友因為遠而不願意她就發脾氣（排斥他人的觀點），最喜歡說「你係咪唔愛我喇」來給小吵架火上加油（把客觀的事情扯到自己身上）。看到了吧？這個分析萬試萬靈，局外人大可找其他例子試分析一下，結果總是令人沮喪。

由以上的分析來看，最終極的答案，其實港女不過是放錯重點（missed the point）。不只是港女、香港人、外國人，甚麼都好，都會 miss the point。在資訊快速來去的現代社會，我們夠時間消化資訊，就不夠時間挑戰資訊的本質。好像，雜誌常報道倫敦裝潢美麗的咖啡店，然後 facebook、Instagram 滿是湊熱鬧打卡的人潮，當你去了然後要排完隊坐下來後又忙着影相、執相、上載，這樣高速的節奏令人忘記 challenge 自己的行為，其實你大老遠飛來倫敦，卻浪費寶貴時間，排了一個小時的隊、吃了一件乾巴巴的蛋糕、貼錢幫了店家宣傳。你還以為自己走在潮流的尖端，為自己打卡成功和修圖功力而暗爽，totally missed the point──食好西以及旅行。

港女自我自私和 miss the point 的程度的確比較誇張，但我們旁人（不論男女）指着他們來笑也有機會 missed the point。但我們要思考得深入一點，甚麼人不是港女／港豬？內心慈愛（kind），常顧及他人的人；以及好好享受事情的本質的人。我建議大家不要再指着任何人說她是港女，一隻手指指着港女說三道四，三隻手指反指自己。米多莉走在香港街頭，擁有港女意識形態

的人不分男女老幼，比比皆是。港女不是香港的女生，是指香港某種文化特質，跟性別其實沒有關係。

所以你問我你是不是港女？我還是不會回答的。因為這條問題也放錯了重點。

作者按：自打嘴巴，本書有另一篇文章是關於西倫敦的打卡熱點。你問我究竟值不值得去那間很漂亮的咖啡店排隊拍照上傳？我的答案是……值得的，因為那裏的蛋糕好吃，而當我帶媽媽去的時候她很開心。

世紀求婚大會

臉書有個不相熟的朋友要結婚，剛剛上載了「過大禮」的照片。

米多莉離港太久，不知道「過大禮」是怎樣的習俗。不過，我的港女朋友說這個大禮「過得好大」，有很多生果和食物，還有很多金器金豬之類的東西。在我的眼中，就是有很多要很快吃完不然會過期的食物，還有很多中國色彩濃厚的「囍」字造型禮盒。

因為那對新人都出了名很有錢，於是八卦的米多莉和港女朋友立即 stalk 她的臉書——有成百張相記錄她的未婚夫怎樣籌辦世紀求婚大會。

在一個看似是海灘旁的酒店，未婚夫邀請了女友的姐妹淘，兩家的親戚等，一起佈置美麗的場地。上等的紅白玫瑰交織成為一幅花牆，牆上架了一個用霓虹光管屈成的「Will you marry me?」浮誇燈牌。當然，還有用蠟燭砌成的，像韓劇一樣，讓女主角沿着光，一路笑一路哭的走到單膝跪地的康莊大道。當然，還有那隻在女主角纖細的手指上略嫌太大的鑽石戒指，大概有三十張戒指戴在手上的美照。

一百張相，去記錄未婚夫度橋、寫求婚諾言的稿件、女主角的眼淚、為她開心的閨蜜的友情、未婚夫的衷心和真誠、家人對於生了個靚女、終於釣到個金龜婿的滿足。這樣的求婚，這樣的曬命，我反白眼反到眼球都痛了。

然後我突然間在想，為甚麼我會這樣不高興。是因為我知道這輩子都不會釣到這樣的金龜嗎？是因為我妒忌這個女仔這樣漂亮又有這麼多漂亮的朋友嗎？唔通米多莉咁樣衰，喺度酸人哋的幸福？

不，我只是在想，不知道我們會不會把愛情的意義本末倒置了。

舉個例，很多人讀大學是為了一紙證書，是為了畢業典禮行上講堂接沙紙，but is that really what this is about？米多莉覺得讀大學，為的是學術的自由，青春使我們勇敢的閱讀和分享，即使我們的見解可能膚淺不完善，但身處如此充滿熱誠的學術環境，有時間去閱讀、學習、被啟發和鑽研，才是最令人興奮之處。

同樣地，婚姻和感情最令人興奮之處，也應該是一路走來的，同甘共苦、面對困難、學習相處、在現實的影響依然捉緊對方的手，這才是婚姻的偉大。或許大家隆重其事婚禮，因為它就像成人的畢業典禮，終於達標，成功過了父母的關卡，成功唔使做賣剩蔗、成功用盡所有積蓄去付首期、交酒店訂金、過大禮。真的是從混亂的青春二十代畢業，不必再在茫茫人海中尋找愛，結束愛情長跑。視乎你怎樣看，有時這樣的典禮實在令人感到欷歔。

「結束愛情長跑」，這句俚語可説是世界上最沒有邏輯的句子之一。如果在婚禮那天結束了愛情長跑，那往後的日子用甚麼來維繫感情呢？真正到死才是終點的長跑，這個時間才開始。

在奢華的求婚過大禮婚禮過後，銀行的存款不見了許多。拖着那個從此叫老公老婆的另一半，在床上偶然做上一場不怎麼樣的性愛，為生孩子、買樓；甚至為老公成日把廁所板放上之類的事情吵架，這樣的婚禮後生活，如果沒有愛情，沒有對婚姻從精神層面上的深度了解，又怎樣維繫下去？假如我們拍拖是為了結婚的那一天，而忘記了結婚之後的一輩子，那麼這場世紀求婚大會只是不幸的序章，為二人的悲劇譜出前奏。我們必須謹記在重重的社會枷鎖和壓力下，甚麼是屬於自己的幸福。

當然，利申我和這對新人只有一面之緣，或許他們的愛已經超越這些門面的派對，不過咁啱大把錢，決定做得好好睇睇。如果是這樣我真的為他們十分高興，因為他們物質層面和精神層面都顧及得到，真的好像Angelababy和黃曉明這對夫婦一樣人人稱羡。

怕是怕，大家焦點放在盛大的派對上，而忘記了愛情的意義啫。

作者註：這篇文章令作者聯想到Jeanette Winkinson的半自傳《Why be normal when you can be happy》一書，有關這本書的感言，也收錄在此書當中。

為甚麼一定要潮

是咁的，有時碌 facebook 會見到一些潮流資訊。剛剛就看到一個雜誌的 facebook post，標題是：「仲食抹茶醬？韓國牛奶曲奇醬抵港」。

我很喜歡曲奇醬，其實不是新東西，大家來到倫敦可以在超市買一樽 Lotus Biscot spread 試一下。我不高興的是：「仲食抹茶醬？」這句標題。

我覺得這句話有點討人厭，因為好像如果我今天還在食抹茶醬的話我就很老土、很不入流，很錯似的。等一等，我甚麼錯都沒有，我也沒有老土，我只是喜歡食抹茶醬，為甚麼寫有關韓國牛奶曲奇醬的人會有資格批判我喜歡吃抹茶醬的喜好？

難道喜好也有流不流行的道理可言？

這種以論斷（judgement）否定性句子來做 marketing 的手法令我十分不爽。雖然我覺得編輯沒有這樣的意思，或者充其量也是想說牛奶曲奇醬很熱很受歡迎，可是這樣子說，對一心喜歡抹茶醬的人很沒有禮貌。難道抹茶醬就沒有可以做 all time favourite 的能力嗎？難道它不可以成為一個人櫥櫃裏的常設產品（staple item）？

這件事也引伸了另外一個重要的啟示，我們為甚麼不斷地在追趕流行。

某程度上追流行是很好的一件事，因為只要有東西突然大熱，人人追捧的潮流，才會有令人努力創造、改善產品的動力，motivate to innovate。

有東西潮了熱了，是一件好事；但當潮流換得太快，大家變得 demanding、不斷要求新東西新資訊，貪新厭舊的速度加快，我覺得反而會失去對創造者花時間創作的動力。如果你預計了某一個東西只會流行幾個月，那我們只會 focus on 東西在表面上的吸引力，或者個 idea 爆唔爆。

對一些東西的要求或者止於表面就已經足夠了，好像倫敦現在大熱的 bubble waffle ice cream（沒錯就是雞蛋仔 + 雪糕），排隊買都要 4 個小時。這個食物大抵都只是過渡性的流行，因為雪糕的用料、雞蛋仔粉漿的比例等，是很差不多先生的。大家來吃，也是為了他的流行性、instagrammable 而來的。

可是有一些東西不能流於這樣的表面，有一些東西我們要追求的不是流行性，而是要突破時間的限制（timelessness）。當中特別包括某些衣服、家具、碗筷等等。這有可能是因為價格的問題（好像一張沙發就不便宜，也因為浪費的問題），雖然我們還是可以丟掉它們，但對環境的災害遠比一個食物嚴重）。

因為搬家的關係，我做了很多室內設計的研究，看了不少大師的作品。他們之所以成為永恆的經典

（timeless classic）不無原因。但也是對成為timeless classic（而非FMCG）的追求，而令設計師們花很多時間在物品的質感和細節上。由用料、一個角、一個榫位的設計，都是經過深入思考、嘗試、失敗的。這份執着是不可替代的。

早前跟香港的朋友聊天，因為香港的入息稅較低，物格也不是非常的貴，因此不少人的可支配收入（disposable income）非常可觀。加上商店商場林立，更容易花錢追求流行。如此一來，我們每天被瘋狂的營銷活動催促，很容易就買東西了。可以如此率性的購物是一件好事，但有時候，廣告說的話有多真確，我們是否需要那件物品，還有東西的價值在哪兒，這種反思和批判性的思考也是必要的。

言歸正傳，我不認為自己「仲喺度食抹茶醬」有甚麼問題。我也不喜歡，也不希望被別人這樣說。還是把這些廣告給隱藏掉，取銷關注這些本末倒置的廣告罷，哼！

媾港男要講道行

媾港男簡直是一種修行，以下是偽洋女米多莉的酒後吐真言。

原來媾港男是一條如此迂迴曲折的取經之路。

首先，你不可以太進取。一般來講，港男都習慣了一眾港女高竇和冷酷的魅力，如果你太健談（也不是desperate，只是很能吹水而已），他們會覺得條女為甚麼如此努力，思想再保守一點的，就不肯跟你聊下去。

然後，你必定不可以太強。坊間都有對於三高女的熱烈討論，港男偏好日女、台妹這種賢妻良母、賢良淑德的感覺，便又覺得有錢有外表又有能力的港女很兇惡、不溫柔，還說我們像老虎乸。

個人來講，我覺得溫柔和強並非相對。日本歷史當中，就有大和撫子、篤姬等，又賢慧又剽悍的女人，這種切實的秀外慧中，是日本人理想妻子的典範。Anyways，總之如果感覺太強悍，一個不小心，港男就會聯想到蒙古大漠騎馬奔騰的女子，這樣很容易挑起港男自卑的根性，覺得自己瘦弱的身軀無法保護妳，甚至要妳轉個頭來保護他，很不濟。

第三，進展必要慢。這個視乎該港男是肉食男還是草食男。不過根據我在 Tinder 上豐富的聊天紀錄，同港男暢談好久好久，吹水到一個李白程度的天馬行空，他也不一定會約你去街的。那我惟有當他是悶了，想找個人聊天，所謂鍵盤戰士，而非真心想出街；但風一吹港男這枝掛又轉了，會突然很雀躍的。米多莉就試過，聊了三個月後，終於被約出去了。所以相對於外國人的速戰速決，投契就見面，港男的速度絕對是和尚才能有耐性應對呢。

最後，開黃腔這種沒有女性矜持的話題，是不能夠獲得港男的青睞。你床上功夫如何，就在床上展現；如果你在對話中有微妙的黃腔，港男的心會響起警號，難度這條女是一個淫 X？其實是不是淫 X，與講不講鹹嘢沒有甚麼關係。但港男大腦直線發展，就是不喜歡。不知道是不是看得太多日系 AV 呢？那種唔嗲唔吊、必須霸王硬上弓的女生才有挑戰性。題外話，在對方不願意的情況下發生性行為是犯法的，大家千萬不要學 AV。

吐槽了港男這麼久，讓我戴一戴頭盔。一樣米養百樣人，許多港男也不是走極端的路線的。但如果你覺得我不入地獄誰入地獄，決定要嫞港男，但不幸天生得你個性開朗直率，可能就要在鍵盤上收一收、忍一忍。如果忍不了，我建議你邊冥想邊讀孫子兵法，或看 AV，下一下火先，小不忍則亂大謀。古語有云：與其嫞港男，不如先到西天取經。

男神話，佢唔鍾意食……

「我其實咩都食㗎，不過講到最討厭嘅食物……」男神 Alan 頓了一頓，像花倫同學一樣理順一下額前的秀髮，才說：「應該係 Jerusalem artichoke。」

在場的港女呆了一呆，唔知咩係 Jerusalem artichoke，咩「東」話？不明所以。

港女 Kiwi：「係囉，我都唔鍾意，真係好腥呀。」我睜了一睜眼，內心暗忖了一下，原來 Kiwi 誤會了 artichoke 是魚。我很想更正說：「No, Kiwi, that's anchovy, not artichoke。」但當然我沒有。

港女 Monica：「嘩乜你食得咁嘴刁嘅！呢 D 咁唔 common 嘅嘢食香港唔會食到啦，咁冇咩所謂啦。」我透了一口大氣，這種專職幫人做結論，突然變身人生導師的港女，喺英文有個字，叫 condescending。那又怎樣？英國回流香港，又帥又有教養的男神 Alan 一定很討厭 condescending 嘅人囉，Monica 迅間被 KO 掉。

港女米多莉聽罷港女 Kiwi 和 Monica 令人忍俊不禁的言論後便噤聲了。會說出我最討厭的食物是 Jerusalem artichoke 的人，要不就是用冷知識來 impress 女士們，要不就是令知道甚麼是 Jerusalem artichoke 的人都覺得很有內涵。Great choice，高招。

讀者們又有沒有吃過 Jerusalem artichoke？

Jerusalem artichoke──菊芋，不是魚，是一棵菜來着，樣子甚是醜怪，自己搜尋一下吧。

外表像芋頭一樣的根部植物，但口感卻像馬蹄一樣清爽。外國人喜歡用它來煮濃湯或者煎一下當配菜使用。

言歸正傳，男神 Alan 一講這句話我就為他的造作而感到嘔心。不過我也明白他有難言之忍，有樣有學識，還要外國回流，不多不少會令人聯想到最近收了很多億元的那位 Package Lau。既然男神叫 Alan，那他一定是 Package Lan。

高端的 Package X，有義務曬一下不必要的知識，令到對方接不到話，便打勝杖了。其實我覺得有一點煩，這種質量騙一下無知的港女或 MK 妹還可以，但我這種老江湖就立即看穿了。

大家想不想知道故事的發展如何？其實當日是四女共圍一夫的，第四位港女，「純真無邪 Christina」說：「識呢 D 咁特別嘅食物真係好犀利呀，希望有機會可以試吓味。」此女高手，我看着她的臉真的看不穿她是真的覺得 Alan 犀利，還是利用混然生成的無知聲線來諷刺他。不過 Christina 是演員又好，是真心又好，總之用如此溫柔而感覺真摯的語氣去稱讚一個如此渴望被稱讚的男人，完全滿足了 Package Lan 的 ego，即係自我。

當晚 Package Lan 欽點誰陪呢？送邊個返屋企呢？當然是家住土瓜灣的 Christina。

有時候，我會想為甚麼每個男人都覺得日本女仔最好。其實港男想要的，都是一個會用溫柔撫摸他寂寞的心的女人。雖然港男上不到車，又要做公司的奴隸，但溫柔的讚美令他的自卑感悄然散去；而港女，也是想找一個有自信，可以保護她的男人而已。既然如此，不如不要拆穿迷局，演一下戲，互相滿足對方的需要，這樣才能相輔相成、互補長短。港女又何需扮識嘢，扮人生導師，扮顧問呢？

我把餘下的香檳喝完，一個人靜靜地行到附近一間法國餐廳，點了一碗我最喜歡的 Jerusalem artichoke velout。

Expat在港的迷思

最近思鄉情切，到處跟人講我要回港就業，打道回府。朋友一聽，個個掩嘴而笑，繼而發現我面部表情認真，始知我不是說笑。便說：「米多莉你醒一醒，你不可能習慣的。」我面部露出猶豫的表情。另一友人便說：「你不會買到￡1一大桶原味乳酪的。」我的面部露出不可思議難以置信的表情，真的嗎？

然後我們一起幻想，如果香港是我家，立刻喊住搵阿媽，Expats們不會習慣的五件事。

1. 不單到處是人，到處的人也講中文。

最近在倫敦一家拉麵店和香港友人吃晚餐。吃至中途，已乾了數杯，正風花雪月、滔滔不絕之際，兩名香港男士坐了在我們旁邊，以廣東話交談。

真不幸，米多莉頓時噤聲，本來口若懸河地講起香港男孩子怎樣怎樣，就不能再講了。友人跟我不一樣，最近才來倫敦，因此不覺有礙，繼續開講。

在英國，有時下流刻薄的米多莉因為群眾聽不懂中文而會跟香港友人聊人是非或大講黃色笑話，小時候更會毫無禮貌的對人評頭品足。在香港就不可以了，可能會被人打呢或拍片放上網……

2. 要睡小小的床

香港很小，租金很貴。如果我回香港自己租房子住，不單可能要租住劏房，更有可能要睡單人床。也不是本人嬌生慣養，在倫敦只要住遠一點的地方，便可以租 / 買到有雙人房的房子。怎麼辦呢？床小小的，屋子也小小的。

在英國一般新樓的一房單位也有四、五百多呎，聽說在香港這已經是兩房單位的尺寸了。會不會在睡覺的時候，掉了在地上呢？還是，其實我雖然肥，但也胖不到兩個人的身體，所以沒有藉口說睡不慣單人床呢。

3. 喝酒的地方只有這幾區（而且，沒有 pub ！）

在住宅區好像比較少有好的咖啡廳或是酒吧。一般大家都習慣去中上環、尖沙咀等地方見面。如果我住在新界，又想喝個小酒，莫非要出遠門至中央區域？還是因為我對香港已不熟悉，不知道有這些隱世小店呢？

而且，沒有 pub ！一般來講香港本地薑飲酒都是去 bar 飲 cocktail 或大排檔，或高級地方飲紅酒。簡簡單單的站在 pub 裏喝一 pint 的概念好像沒有，這種老舊的小酒吧在英國比比皆是，聽說在蘭桂坊開了很多年的 Irish Pub 最近也關掉了……

（而且香港人好像喜歡食嘢多於飲嘢……

這就更加難搞了，會不會胖呀……）

4. 外吃的習慣

或許因為廚房蚊型而且工時甚長，香港人很少下廚對吧？如果我回到香港也不停要外食的話，雖然是很節省時間沒錯，而且好像不太貴，但也太不健康了吧？而且聽說在中環上班的話，其實食個午餐也不怎麼便宜，而且常要排隊。假如我要帶飯的話，或者要很早起床來做呢！

另外，午餐都是以熟食為主。如果要一個三文治的話，Pret 在香港也十分貴。食了熱的東西和有大量澱粉質的東西，下午又會特別想睡覺。香港人是怎樣捱過下午的呢？

5. 夏天

在英國，很多戶外活動都在夏天的時候舉行，因為溫暖而微風陣陣，在草地上野餐，在 Pub 的 beer garden（啤酒花園）喝酒，都十分寫意，久久都不希望秋冬的到來；反而在香港，很多戶外活動都會在秋天舉行，因為香港的夏天實在太炎熱了。如果說是去海灘那些不用穿太多、妝容也不必太講究的地方那尚可。但如果是上下班迫着車，人們個個都汗流浹背，卻不太習慣用止汗劑；女生們到了公司妝容都融了一半；還有進出冷氣地方的冷熱交加，不單很容易生病，而且應該不太好受吧。

作者註：這篇文章是作者在堅尼地城的海傍酒吧醉醺醺下寫成的，現在回想，那時雖然看着美麗的萬家燈火，聽着悠和的海浪聲，但想到要回港生活，心裏還是有一份不安的情緒，或許我徹底是個不中不英的倫敦客了。

香港人的垃圾英語

一位香港人讀者私訊米多莉，說在獨遊英國時發現自己的英語很爛，大罵在香港學的都是垃圾英語。

香港人學的真的是垃圾英語嗎？

在我看來，以 conversational English 來講，我覺得很多香港人基本上也可以與外國人溝通，達到目的；甚至能在 hostel 跟外國的朋友聊天、喝酒、交朋友，那其實一點也不垃圾。不過，要長期在外國生活，至英語需求比較高的崗位工作，或許有部分的香港人真的會覺得在學校學到英語會不足夠應付。

早前有香港朋友來訪，帶了他們和我的外國朋友吃飯，米多莉發現了以下幾點。如果稍加注意，其實會令你在外國溝通得更順暢也不一定：

1. 講慢一點

有時我們緊張起來，講話會很快。你的廣東話口音加上有可能錯誤的文法和非本地人講英語的用句，對方需要集中精神來聽。因此，不要急慢慢講，尤其是母語是英文的人，通常都習慣聽其他口音，只要給他們少少時間消化，他們會明白你的。

2. 避免說笑話自己先笑

為何那麼多港人來了英國留學，最後都是跟自己人玩呢？那是因為彼此懂對方。例如香港人 A 說：「條友講嘢咁似野口同學嘅。」香港人 B 就會自己扮野口同學笑，大家都識笑。不過鬼佬就不懂了。但這不是阻止你們交際的藉口。在講一個笑話時，給外國人一點學習的機會和時間，講慢一點點，加多一點點背景，不要自己邊講邊笑，人家不一定這麼快就 load 到。幽默是關係潤滑劑，要好好利用哦！

經驗之談，如果對方說了甚麼笑話自己不會笑，其實不需要太擔心。文化交流當中最難和最容易的都是幽默。有時候英國人之間因為背景和興趣不同，也不一定 get 到對方的笑話。那怎麼辦呢？以幽默化解幽默，God！When can we get each other's jokes！大家又笑了。

3. 不要猛講粗口

知不知道為甚麼講粗口會被看成是粗魯、沒有學識的象徵呢？那是因為講粗口可以避免運用大量詞語。例如香港人 A 說：「條友真係好 X 街，做咩都咁 X 街，正一 X 街仔。」其實講了這麼久，我們也不知道條友有咩咁 X 街。因為香港人 A 沒有真正說明任何東西。同一道理，如果你講英語時不容許自己足夠時間想清楚，也不給自己選擇詞語的機會，很多英語不佳的人就會不期然的加很多粗口進去，以加強語氣。可是語氣加強了，卻沒有甚麼具體內容，叫人難以回應，有時甚至唔 make

sense。一如香港人A，其實他大可以說：「條友真係好奸，都唔明人地講乜就搶住嚟講，又唔俾其他人發言，做咩都係咁自私，正一X街仔。」

最後，通常每個教大家說話之道的人都會教一樣「相反」的技巧，就是聆聽。

要英語進步，自顧自的說話其實最多可以壯了你講英語的膽，卻不會令你pick up到外國人的口音、說話的語氣、潮語、文化和其他「local嘢」。聽吓人哋點開對話會議（conference call），讀讀鬼佬寫的電郵，看YouTube時不看中文字幕，聽聽在飛機上英國人與空姐的對話，都會捉到不同的線索。

好像英國人的話，他們其中一個表達禮貌的方法，是用很長的句子講一個很簡單的話。

英國人：「Could I have some apple juice please ? Cheers*.」

香港人：「Apple juice thanks.」

後記：香港人讀者獨遊英倫後很想在這裏住一年。這讓我想起一段軼事。

大學的時候，我有一位香港本土的好朋友去了英國當一年的交換生。我阿媽便說花這麼多錢給我出國留學，其實係咪無謂，因為他也可以免費去外國，浸鹹水回來。那時我血氣方剛，大發雷霆，覺得自己才是浸了真正的鹹水云云。

數年過去，我媽媽來英國探我，說我講的英語、行為、思想，活脱脱的跟香港人不一樣。我的英語講得好，但好朋友的其實也十分流利，成熟了長大了後更覺得自己在外國生活沒怎麼樣。思前想後，好朋友去浸一年鹹水可以開眼界，也能練習英語。可是我呢？這麼多年過去，我不是去浸鹹水、不是去開眼界，我是去生活，不知不覺間在吃喝玩樂喜怒哀樂中慢慢蛻變成一個英國人。

你問我去英國生活一年好唔好？好，不過不要來倫敦或曼城，去威爾斯吧，那裏香港人少一點，local 人口音重一點，強迫你努力一點，垃圾英語離你遠一點。

* 註：Cheers 在此沒有乾杯的意思，是說謝謝而已！

倫敦非夢

14件事說明你已成為英國人

在英國生活久了，慢慢由適應英國文化，變成習慣英國文化，每次回港反而會覺得香港人為甚麼會這樣做？

在英國生活的朋友，當中有幾多項是你不知不覺已經養成的？

1. 出入習慣幫陌生人開門，我還記得有一次剛回香港，我無意識地以為前面的陌生人會幫我扶着門，結果差點被門撞到鼻子。
2. 被撞倒了還是會講對不起，然後對方當然都講對不起，一邊說對不起一邊繼續上路。別人做錯事也是自己講對不起；忘了回應別人的信息說對不起；催促別人回應你的信息也會說對不起。一天到晚都在道歉。
3. 懂得並欣賞英式幽默，尤其是委婉的嘲諷（sarcasm），或活用食字 / 雙關語笑話（puns）。
4. 一到十二月就進入聖誕 mode，肆意喝酒，吃朱古力及不同餐廳售賣的 Christmas sandwich（總之就是餐廳推出，包含火雞、紅莓醬、肉餡的三文治），飲 Starbucks 的聖誕特飲、mulled wine；裝飾聖誕樹、播聖誕歌；等放工放假，及同時一起看 John Lewis 每年推出的聖誕廣告，討論 Christmas shopping，嘲笑不喜歡節日氣氛的人為 Christmas grinch。

5. 早上起床，回到公司都要先沖一杯英國茶，然後又喜歡與同事討論 / 評價 / 質疑 / 爭吵別人沖茶的方式。不過最近這個習慣開始被咖啡取代，而取而代之的，就是與澳洲籍同事爭吵那個國家的咖啡最好喝。
6. 習慣早上才洗澡
7. 習慣吃完早餐才刷牙
8. 習慣早睡早起，六點起身做 gym，八點返到公司，五點半放工去 pub（obviously 不是每一天嘿……or is it?），七點回家煮飯。是故，不習慣每次見朋友都要吃東西的香港，愈來愈喜歡淨飲。
9. 管星期四叫 curry club；星期五當然食 fish and chips；星期日自動波想吃 roast dinner，約定俗成，員工餐廳和 pubs 例牌一定跟這個時間表，認真。
10. 公司的聚會通常由 pub 開始，直接跳過吃東西的環節，差不多就落 club 跳舞，所以很難想像在香港公司的社交活動是怎麼樣的，也難以理解為甚麼去老蘭的人一定是壞孩子或豪放的女人，其實都是跳跳舞、have some fun 而已。不過我明白老蘭和倫敦同樣有 clubs，但文化不同。
11. 不知不覺間，思考和發夢會變成英文；然後用中文寫訊息會愈來愈奇怪。有些年紀的朋友應該記得當年我們的媽媽爸爸忽然開始傳簡訊，寫的中文卻是半口語半白話文的狀態，現在我自己都不敢笑他們了。

12. 大家都很在乎著裝要求（dress codes），怕弄錯了會貽笑大方。這令我想起 IFC 張智霖有寫過去香港某餐廳被要求換件像樣一點的衣服才可以進去，是不是跟地方和客人的身份有關呢？也許。但我覺得更重要的，是尊重場合，維持傳統的執着，也讓大家可以安心舒暢的享受當時的活動。早前一級方程式賽車手 Lewis Hamilton 便因為穿著過於隨便而被拒進入溫布頓看網球賽，雖然我很喜歡 Hamilton，但還是要拍拍手讚溫布頓有雷氣，有一些原則，要玩家與東家都尊重，才會玩得起勁。
13. 講話十分婉轉，問候完 / 講完天氣 / 講埋周末有甚麼做，才知道老闆或同事是想催促你交貨、或想叫你幫他做些甚麼。最勁有一次，是我的老闆叫我入房，其實是想罵我某些事做得不對，但我走出來的時候卻是面帶笑容，還以為老闆重用我，希望點石成金，其實只是想我把錯誤更正過來而已（汗）。
14. 和陌生人對到眼會微笑，我印象中香港人是一對到眼就會煞有介事地避開視線，這在英國是比較冷漠的行為，因為微笑很大方很自然很容易，沒有必要迴避目光。而在公司的走廊和同事擦身而過，就是第 100 次都要講 hey you alright ？（註，不必真答，也沒有真的在問你這個問題！）習慣擁抱陽光。我的母親第一次在盛夏來到倫敦探望我，我帶她與朋友們到海德公園野餐、享受陽光。大家都爭相到陽光照耀的空地坐，惟獨我媽媽一個嚇呆了，撐起傘，向紫外線說不。倒是我們英國人一年都沒有幾天有這樣美麗的天空，不盡情曬一曬，真是對不起自己呢！

融入的問題

我的英國朋友每次當我提到香港文化的時候就會取笑我，說你裝甚麼，你根本就是我見過最英國的 Chinese 了。然後接着就笑，對，就只差你的五官和口音了。

當然他們是說笑的，但說真的我從來沒有甚麼融入英國文化之類的問題。這也不是因為我讀國際學校（in fact 我讀的是官校），也不是因為我崇洋。

最近有一位讀者要去英國讀書，問我是不是很難跟本地人溝通。他說就算你的英語標準，當地的口音和口語也不是容易的，就好像廣州人都說廣東話，但不一定會香港的潮語一樣。另外他也擔心外國人好像「太吹得」，不停的講話，自己會沒有話聊，顯得很悶。

這兩項是很實際的擔心，都是真實的。那怎麼辦呢？很多人捱了幾次的對話，結果在酒局中一言不發又跟不上別人的聊天進度後，便放棄了，跟香港人玩就算。其實我很能理解的，有一大堆功課、工作要做，又有思鄉情結，這樣迫自己跟外國人玩是蠻累的。

就我在英國生活的自身經驗，讓我嘗試幫大家拆解一下融入的問題吧。

1. 集中在建立個人的友誼上

沒錯，在 pub 裏或是上課、開會的時候要貼近外國人（尤其是英語為母語的人），對話的速度一開始是很困難的。在你想好要說甚麼的時候，人家可能已經跳到另外一個話題去，又或是已經把你的點子說了出來。

所以呢，別企圖一步登天，首先 focus 在建立單對單的關係上吧！和一個人單獨的去喝咖啡、吃個飯、聊個天，會比較容易。單對單的時候，對方總不能自顧自說話吧？這樣節奏就會放緩一點，久而久之你英語會話的自信也會建立起來，在群體也不會特別在意要講甚麼，便會自然的表達意見。

交朋友的重點也是寧缺莫濫，這些願意放慢腳步，專心聽你講話去認識你的人，是真友誼呀。同樣的，請你也交出真心，不要視對方為踏腳石或是練英語的機器。本人的朋友圈當中，最要好的姐妹淘是有香港人也有外國人的，open your mind ！

2. 不一定只跟英語為母語的人做朋友

雖然米多莉的朋友不是香港人就是英國人或澳洲人，但那只是我的個人際遇而已。大部分在都市裏生活的人，朋友圈都是多重國籍的，由意大利人到馬來西亞人都有。

這樣你們的母語都不是英語，但都迫着要以英語溝通，也是練習的好機會唷。而且雖然大家面對的文化差異不同，但你們都是在面對着文化差異，這樣的對話其實蠻有趣的。相反，你跟本地人說你覺得這裏跟香港有甚麼甚麼不同之處，他們都只能聳聳肩，是哦是哦的虛應故事，因為他們根本沒有文化差異的問題嘛。

例如，你跟英國人說好想念香港的絲襪奶茶，在這裏都喝不到，通常回應就是你可以去 china town 找找看，大家都沒有喝這種奶茶的習慣。如果你跟一個土耳其人說呢，他們可能會明白，然後說我也很想念家裏的 caj（就是土耳其小小杯的茶），這樣就比較好交流了。

3. 不要再比較了，每一天生活就好。

這一點呢，是因為我留意到愈愛說香港怎樣怎樣的人好像比較難融入異地文化。我覺得有這樣敏銳的觀察力是很棒啦，但是像我這樣鈍感力高的人就完全不會在乎或是比較，結果好像還住得舒坦一些。

例如是英國人都喜歡早上洗澡但香港人都是睡前洗澡之類的，其實就是加重（accentuate）文化的差異。有一些很小的事，其實只不過是每個人的生活習慣不同的問題而已。試想想，其實也不一定是壞事。好像我以前有一個同屋住是晚上洗澡的，對我來說就太好了，因為我們不會早上上班前爭廁所用呢。

又好像有一則趣事：我媽來英國，喜歡說倫敦的水很硬，香港的 tap water 她也不喝又怎會喝這裏的水云云。我聽着頭都暈，便買了一個過濾器令她滿意。怎料她過濾了水，還要再煲一遍，還要待水涼掉，才可以喝！我說，你的身體慢慢就會適應水龍頭的水的，這樣在乎所有小事情，難怪會覺得難以適應。俗語說，there are only so many f*cks we can give.

因此，要來外國生活的你們，盡量把心門打開吧。打不開，那就回香港吧？然後又再次抱怨日子，你在哪裏也不會快樂地生活的，你懂嗎？

趣味英式英語：go out out

在中文裏用疊字通常有兩個情況。一是為了加強形容詞的描述性，例如：水汪汪、綠油油；二是為了裝可愛，或跟小朋友講話，例如食飯飯、飲水水之類，當然還有電影《撒嬌女人最好命》的「我不要吃兔兔！」(嘔)

而在英式英語裏，疊字也有加強的意思，請看以下例子：

"What did you do on Friday night?" Asked A.

"Oh I went out to Catherine's birthday party," answered B.

"Wow, like out out?" Asked A.

"Oh no, just a couple of drinks, I went home home the next morning!" answered B.

Go out 的意思是出去玩的意思。我們知道 B 去了朋友的生日派對，那為甚麼 A 又問他有沒有「go out out」呢？

在這裏，go out out 就有加強派對的意味，A 在問：你是去了派對，還是落 club 蒲天光呢？

很有意思吧！類似的造句時有發生。"do you wanna eat eat?" 就是問你想不想正式地吃頓飯，就是食飽飽的意思。

那 home home 又是指啥呢？這個問法在倫敦很常見，因為很多人也是離家來到倫敦發展的。B 在上面的例子就是指他要回老家，而不是在倫敦租的房子，所以前一晚不能 go out out 因為第二天要早起。

這不是很正式的英語，你大可說：「did you guys have a late one?」來代替 go out out；又或是：「I went to my parents in Yorkshire the next morning！」來代替 home home。某程度上這種口語也是我們懶得解釋太清楚而演變出來的，所謂的英式潮語吧。

加油的玄機

Add oil ！ Aza aza fighting ！ 奸爸爹！自古是所有賢慧的女子和暖男為男女神加油打氣用的妙句。一句Add oil，純愛的戲碼就上演了：感動地帶着情人加的油上路，無往而不利。

如果你溝緊嗰個係外國人，一句加油反而會令他們一頭霧水。因為 Add oil 這個字不是為汽車入油的意思。如果你要去油站加油，通常我們會：I need to add more fuel（或者 gas，如果你是美國人），而不是 add oil。當然，如果是煮飯的時候，也可以說：please add some oil to the pan。但這下子又跟加油完全沒有關係了！

當然，外國人都有需要加油打氣的時候。米多莉也有好幾次好想向在努力中的外國朋友說 add oil，但臨出口前也吞住了。

以下有幾個英文常用的詞語，用來向朋友表示你雖然沒有甚麼可以做，但還是十分支持你的，這個友善的祝福。希望大家一理通百理明，為外國人加完油後，大家不會以為你是傻瓜！

Fingers crossed, you will be fine!── 通常用於一件大事即將發生之前，例如考試、面試之類的，可以祝福對方好運，你為他的祝福。同時可以邊說邊把手指交叉，為對方祈求一切順利。

I'm here if you need me——這句跟「有咩嘢即管搵我啦」一樣的意思，十分實際。

I feel your pain——假如你的同事被迫加班了，你無能為力，但也可以表示我感受到你的悲哀，這是很有同理心的表現。接着可以加句甚麼明天我們去喝個小酒吧之類，令對方有些甚麼可以期待，度過現在的難關。當然這些比較大路的也萬事通用：

Best of luck / hope it goes smoothly / Good luck / Rock it / Don't worry about it /Hang in there……

而如果有人表演的話，或許你們都會聽過有人說：Break a leg!

而如果有人中途想放棄的話，我們可以說：Hey don't give up, keep going!

這就是廣東話精妙的地方，兩個字就可以代替無限句英語，但同時又有點詞窮的感覺。

有時我會想，如果可以成功迫外國朋友使用「add oil」一字就好了，他們參透了加油的玄機，就是大同世界了。

鹹濕的英文

「所有男人都是鹹濕的。」香港人很喜歡這樣說。

跟一個朋友討論「鹹濕」的英文是甚麼，思前想後，找到幾個詞語，都覺得不太對勁。

Perverted——有一種低俗的意味，比較接近猥鎖的意思，有點可怕。有點像金魚佬的感覺，這個字好像太負面，説不到鹹濕一字少少鹹多多趣的味道。

Horny——意思是性需要澎湃，鹹濕好像沒有太多的行動性，喜歡看別人的身材，已經是鹹濕，所以不對。

Dirty——這個或許比較相似，意謂思想色色的，總是聯想到曳曳的東西。可是還差一點點，因為 dirty 感覺上始終是有行動力的，見到一個美麗的女人因而有 XYZ 的衝動。

相反，鹹濕似乎是一種 general 的情況，男人喜歡性、喜歡大波、喜歡靚女，不論何時何地，甚至到考場、面試見到一個靚女依然都會多看兩眼。

我向英國朋友解釋這個字的意思，得到一個很有趣的答案。

「Er. That's just human nature? I don't even think there needs to be a word for it.(「鹹濕」不過是人的本

性吧？我甚至不認為我們需要一個詞語去形容它。）」

「但是根據香港人的講法，似乎女人不是個個都鹹濕，男人卻是個個都鹹濕，最多都是 Man Nature，而不是 Human Nature。」

英國朋友難以置信的看着我，女人當然也是「Salty Wet」呀（笑）！嗯……女生究竟鹹不鹹濕了。米多莉看日劇，最愛看帥哥了，每次他們有浸溫泉、去海灘、換衣服的戲份，我也看得滿開心的。以前看香港先生選舉不也是為了看他們泳褲下……結實的雙腿嗎？

We all love some eye candies. 中文有説讓眼睛食冰淇淋，英文中也有説讓眼睛吃糖果，我們都喜歡看漂亮之物呢。這樣來講，或許在文化上，對英國人來説是沒有鹹濕這個概念的，因為這就是人性。

讀者們覺得呢，究竟「鹹濕」的英文是甚麼？

少女心大爆發，西倫敦打卡熱點

趁英國公眾假期（統稱 bank holiday），米多莉和好友阿翠想避開人多擠迫的地方，又希望悠悠閒閒去拍個照食個下午茶，便去了倫敦貴氣十足的卻爾西（Chelsea）區域一天。

萬萬想不到，竟然幸運的找到了許多打卡熱點，隨手拍也是美美美！仙氣的風格得、文青的街拍亦得，得咗！

大家放假來倫敦，千萬不要錯過這些打卡寶地！

1. Peggy Porschen Cakes

潮媽一身粉紅露膊裝，帶着粉紅色的 BB 車和小寶寶，就是為了跟孩子在這個美得沒法擋的粉紅 cafe 拍個靚照！

牆是粉紅色，蛋糕也是粉紅色，門口單車也是粉紅色，加上花團錦簇的超浪漫佈置，不大拍特拍才怪呢！

來吧，放下害羞的心，盡情擺 post 唷！

Peggy Porschen Cakes

https://www.peggyporschen.com/

116 Ebury St, Belgravia, London SW1W 9QQ

2. Venchi

吃遍大江南北的好友阿翠表示，這家手工朱古力店的冰淇淋比得上她在翡冷翠（Florence）食到的gelato啦！

店的另外一邊有高級pick n' mix區，好想全都試唷。買手信和小禮物好適合呢，米多莉也在此選購了父親節禮物，還給你用心的包裝好唷！

Venchi

http://www.venchi.com/uk/

71 King's Rd, Chelsea,London SW3 4NX

3. Eaton Square

倫敦最富有的地區有三個——Chelsea, Mayfair和Belgravia，其中Chelsea 和Belgravia 是很近的，這裏都住了超多有錢人。不單是街上名車美女壯男多，他們也很花心思把家居弄成底調的奢華。

在時時下雨的霧都倫敦，Belgravia的大戶屋主也不忘頻繁的為屋子油上易髒的白色，種下花草剪修樹木，單是maintenance cost也足夠我們食一年的飯！我們住

不了，但卻可以欣賞到歷史建築物與花園的美態。

米多莉不能自已，看看我的偽文青三連發：

後記：剛好在閱讀卓韻芝《旅行之必要》一書，提到人們的遊記常由一個地方立馬一剪就出現在另一個地方。旅途中的旅途，好像是步行、交通的時間，不怎麼出現。其實這些 travelling in the travel 很多時都給予我們難得的思考空間和時間，在探索旅行的意義，甚至人生的意義中，有着很重要的地位。

在西倫敦散步，四周綠化，城市景色怡人，十分適合這樣的思考。如果你將來到這裏探訪，千萬不要忽略步行間的景致唷。

化老妝

最近去露營和爬山，第一次看到英藉女生朋友不化妝的樣子，大感訝異。

對上一次看到沒有化妝的朋友已是中學寄宿年代，工作後沒有這些機會，大家上班都穿戴整齊。和日本女生一樣，很少英國女孩不化妝便出門，問題只是妝化得有多濃艷而已。

沒有化妝的這位朋友，清純得令人想起黎姿（對英國版的黎姿，是不是很難想像）。好一位素顏美女，清湯掛面，笑起來酒窩特別明顯，一下子就年輕了五年。

我説你大可不必再化妝了，這樣看起來更年輕。

她大惑不解的看着我説，of course 我現在看起來年輕，我化妝就是為了看起來成熟一點。

欸？化老妝？這是甚麼概念？我們亞洲人最喜歡就是令自己看來年輕，做甚麼也是為了凍齡和看起來精神。眼睛要深邃但眼線要無辜；腮紅打在蘋果肌上更顯青春飽滿；嘴唇嫩嫩的垂涎欲滴。

可是沒有哦，英國女生化妝是為了成熟冶艷，因此要看起來不像小孩，女人味濃。重點是甚麼呢：角度。

眉毛不會是一字，要有眉峰；眼線是上揚的 feline；

腮紅要搭配修容和 bronzer，給臉打陰影，削走鼓腮的蹤影；就是嘴巴也是用唇筆勾畫，確保豐腴。

來到英國這些年，就發現cute不等於日語的kawaii。日式可愛的概念帶着一份孩子氣，三十歲還要童顏，眼睛水汪汪還像寶寶一樣撒嬌。在英國這樣撒嬌裝可愛只會被誤解為奇怪或矯情，完全無法令人心動。因此你看在國際舞台的亞裔女星或是與洋男在一起的女生通常氣質也不同，是偏向成熟風的（就好像我的女神莫文蔚）。

但是這幾年紅了出來的真女神，好像也慢慢由可愛的風格（如早期的楊承琳和林依晨）變成成熟性感風，當中本人最喜歡的就是張曦雯了。一翻查，才知道張也不是香港土生土長的。

女生們，我寫下這篇文章，是想鼓勵你們。你們的形象應該根據自己的喜好與及本身生下來的氣質而塑造的。不要為了討好男生或是因循社會的潮流所影響。尋找適合自己的 style 需要時間，你也要感到舒服自在，希望你們自信滿滿，從心底喜歡自己！

倫敦保暖特集

收到讀者J的電郵，每次收到讀者的來信內心特別興奮。J說米多莉你也慣了倫敦的寒冷了吧？沒錯，倫敦的秋冬真不是蓋的，尤其是日照很短，一年有六個月也是這樣摸黑回家，單純是因為太陽在下午三時已經收工下山。要在秋冬來旅行的朋友，長時間在泰晤士河旁被冷風吹襲，就讓米多莉給大家來個倫敦保暖特集吧！

1. 怕冷的位置

基本上呢，米多莉的雙腿是不怕冷的。因此就算十度，我還是穿著平底鞋、破洞的薄牛仔褲走來走去。可是呢，上身就不同了，我可是包到像一隻糉一樣，最近有人教了我一句：上身蒸鬆糕，下身賣涼粉。沒錯，就是本人了。

大家也要知道自己是甚麼部位怕冷，才可以對症下藥。有的人是耳朵，有的人是手臂，有的人是背部，有的人是頸部，有的人是全部。這樣便可預備耳罩（ear muff）、手套、heat tech、頸巾、長靴等不同的保暖恩物了。

2. 外厚內薄

米多莉冬天回港，覺得最搞笑就是在室內大家還是穿很多。吃飯也不會脱外套。為甚麼會這樣呢？因為你們室內沒有暖氣呀！

但英國就不同了，大家就穿一件大暖外套，裏面就穿個短袖、無袖，沒有人怕冷的！怕就怕你被暖爐暖到出汗！

3. 潤唇膏

吹呀吹，讓這風吹。你的嘴唇來到倫敦必定以高速龜裂。一旦龜裂，不就吃不到好西，而且痛不欲生、血腥滿佈……因此，帶個潤唇膏，本人的習慣是，每一件大衣裏都有一支……每一個袋子裏都有一支……那就不用怕忘了帶出去囉。

4. 喝喝喝喝

米多莉愛酒大家都知曉了。冬天真的很適合去個pub，又有英國風味，又可以保暖（其實夏天也很適合……嗯，其實甚麼季節也很適合），（笑）。雖然啤酒或gin and tonic 甚麼的都是冷飲，可是像我媽説的，喝一點點胃就熱起來了！那當然就不要錯過呀！

最近去了一轉 Borough Market（聽到好多廣東話，似乎每位旅客都很喜歡去嘛），那裏有賣一個飲品叫mulled wine，就是紅酒、橙、香料煮成的熱酒。聖誕節期間，一定就是要喝一個 mulled wine, OK？不要錯過，知道嗎？

如果你不愛喝酒，那咱們英國的茶和咖啡都不錯啦；如果你不愛茶或咖啡，那……那你就去買杯熱珍珠奶茶喝吧……在英國我們叫珍珠奶茶做 Bubble Tea。

5. 暖胃美食

如果你想在倫敦吃個火鍋，容易啦！中國城有許多麻辣鍋，韓國餐廳有 hot pot，日本也有啦。

可是，如果你是短短出現一下，是不是要吃個英國冬日窩心菜，拍個照打個卡才算數呢？那本人推薦你好了。英國人冬天都嚷着要吃魚批（fish pie）！暖入心的白汁與不同的魚類一起焗烤，再加上一層保溫的薯蓉。米多莉再大方一點的告訴你，可以加一點點辣油——Tabasco 上去，so good ！

在此分享倫敦最好吃的魚批，嗯……嗯……既然我剛才介紹了 Borough Market，那你索性去附近的餐廳——Wright Brothers 吃一頓罷。搞不好會碰到米多莉本人唷，屆時別客氣，一定要找我簽個名啦（笑）！

Wright Brothers：1 Stoney Street, Borough Market, London SE1 9AD

北歐御宅族

港人周末都習慣往外跑，出去外面食買玩。英國人則喜歡待在家。與家人一起弄個午餐，飯後窩在沙發，有些人在看《哈里波特》，有些人在看書。偶爾爸爸站起來，為全家人泡個英國茶。星期天也在一起，食個 sunday roast，家中滿滿是烤肉和蔬菜的香味。

對於假日完全沒有事情要做感到異常的興奮。但不是跳躍的快樂，而是一種平穩的幸福感。今天我想與大家分享的，就是假日賦閒在家的小確幸。

近幾年，某些英國人（包括米多莉在內），深深受到丹麥一個叫 Hygge 的文化影響。這個字的發音 hoo-gah，不是 high-gay。

Hygge 是一種在家慢活、舒適的狀態。讀了好幾本關於 hygge 的書，作者大概感受到在北歐的冬天，日照悲涼的短、又冷又濕，沒有甚麼比待在家裏更安穩快樂。

嗯，大概是一種優雅的、宅在家的幸福狀態。可是待在家，也不能待在一個雜物滿佈或空空如也的家裏。要有良好的 hygge 生活，是要做足準備的。

當中有幾項重要的元素，把北歐的「御宅族」區分出來：

——蠟燭

——熱飲

——毛衣毛氈

——娛樂：如音樂、文字、遊戲（board games）

如果可以有幾個朋友／家人待在一起，享受燉煮窩心的餐點，就更加有 hygge 的感覺了。

作者在佈置新居的時候，購買的家品都深深受到 hygge 的影響，打算當個稱職的北歐御宅族。可是因為各項原因，一直都東奔西跑，待在家享受一杯咖啡、邊聆聽 Norah Jones 邊閱讀的日子寥寥可數。

現在終於有一個周末可以賦閒在家，異常期待。加上倫敦天氣漸冷，更增添濃厚的 hygge 風。

我要把電話關上，泡一壺在 Orange Pekoe 買的白牡丹茶（white peony tea）。剛剛在 Borough Market 買了一些農場蔬菜和雞蛋，要煮一頓日式的午餐。

播放輕鬆的 bossa nova 音樂，閱讀剛買的一本叫《Autumn》的書，是一個瑞典爸爸寫給還沒有出生的女兒的散文集。

How nice。每天可以過着如斯平靜簡樸的生活，真是幸福。我呆呆的看着霧都的天空，要不來一個薰衣草浴？想起陳慧琳的舊歌：

浸浴前　香薰後
是不是從頭來過叫身心變成淨土
我放鬆　香氣在懷內吞吐

你們呢？要不要也當個北歐御宅族，花個下午聽着音樂看着米多莉這些年寫下的文章？（笑）

極實用文：倫敦租屋攻略

有關在英國，尤其是倫敦租樓，其實比香港容易很多。因為甚麼都可以上網查得到，不用自己跟經紀談，尤其人生路不熟很容易吃虧呢。如果你打算來英國小住的話，米多莉可以跟大家分享一些小貼士唷。

1. 住哪裏？去哪裏找房子租呢？

第一步找房子，我建議大家去這個網站做做資料搜集：Spareroom.co.uk

這個應該是最齊全的租房網，如果你是一個人來倫敦，想跟人合租一間屋，共用客廳廚房，並且認識新朋友，這真是最好的了。

不單是房東、經紀，有些時候將要離開的原本房客或現役房客都可以在這兒招租，你也可以先跟他們會面，看看投不投契。

如果你對倫敦不熟悉，這網站用地鐵線搜索，用地鐵站也可以，可以增加對倫敦地理位置和租務價格的了解唷。

至於租哪裏呢？拿個鐵道圖便最保險了。Zone 1 是城市中心，數字愈大就愈遠，交通費也會愈貴的；但同時，愈市中心租屋的價錢也會愈貴，倫敦 Zone 1 的租金應該跟香港港島區差不多吧？

如果你初到倫敦，我的建議還是租近一點市中心，可以多用走路去看這一個城市，出去看以後也不用擔心回家的問題。我覺得呀，倫敦不是一個對旅客友善（tourist friendly）的城市，要住出面一點點的，或多或少都要對倫敦的架步比較熟悉一點。

2. Reference check

在倫敦做事，法律的規管相對嚴謹（或完善），如果你初到貴境要租屋，通常都會被要求做 Reference check。如果你是來工作或讀書，那一份工作合約 / 取錄通知書對租屋也十分重要。因此不要忘記存一份這些文件、護照等等的 scanned copy 在電腦內，隨時電郵給你的經紀或屋主唷。

3. Deposit 訂金

通常都要付的啦。在倫敦租屋可以是一租租幾年，又或者幾個月，又或者每個月續約（rolling contract）。但無論是哪一種，基於你 reference check 的分數，都要付一定的訂金（deposit）再預付租金。如果是初到英國，通常都會被列為高危一族（怕你跑掉唄！），我的朋友就試過被要求預付六個月租金！因此這有可能會令到你陷入財困，要好好想清楚你的財務計劃呢。

另外，根據法例規定，業主（landlord）是應該把收到的訂金存入政府認可的存款庫，不能拿來私用唷，因為是要在租約完結後退還給租戶的。在這方面，對租客們的保障很不錯，你也可以問業主拿訂金的存戶證明。

而在租約期滿，租客通常都要把地方弄乾淨，還原至本來的樣子；不同的合約會寫明，有時候業主會請人來清潔家居，而這筆費用要在訂金裏扣掉，要看清楚合約條款，確保業主不會隨意從你的訂金裏扣款唷。

好了，說了這麼多，不如又聊一下米多莉推介的倫敦區域吧！東南西北中都給大家介紹一下。

西倫敦：諾丁山（Notting Hill）、Ladbroke Grove 和 Holland Park 都很棒。雖然比較貴一點，但這一帶有可愛的彩色屋子。周末在這個小區閒逛，真的很有「我真的置身在倫敦！」的夢幻感覺。不過如果住在諾丁山，就要注意每年的八月尾會有諾丁山嘉年華，狀況還滿混亂的。

南倫敦 / 倫敦近郊：溫布頓（Wimbledon）——米多莉以前也住過這兒！最喜歡就是遛到 Wimbledon Village 那兒吃早午餐了。真是很寫意的一個地方。要注意的是，Wimbledon 是已經到 Zone 4 的距離了，所以交通費會貴一點，但既有地鐵也有火車，還蠻方便的。也可以考慮一下 Fulham 等 District Line 沿線。

市中心：超方便超中心卻異常寧靜的 Fitzrovia（最近的地鐵站 Goodge Street / Oxford Circus）。Fitrzrovia 一帶有很多大學，所以有錢大學生很多時都住在這邊。既臨近 Oxford Street，又有很多好吃好玩的地方。愛出夜街的話，回家真的超級容易！

東倫敦：文青潮童集散地的 Hackney Wick 河畔。最近米多莉就去了 Hackney Marshes 野外採摘植物入饌（foraging），認識了很多當地年輕有型的居民，是一個很有生氣的小區。不過，真的有很多 hipsters ！

北倫敦：超多明星的貴氣地段 St. John's Wood。真的很單純地非常 upper middle class。可以步行至我最喜歡的吃喝購物地段──Marylebone，也可以步行至美麗的 Maida Vale 運河邊。雖然非常貴，但真的很寫意呢。

最後告訴大家一個最多香港人的地段──Canada Water。

如果你只是來短時間，就不要租這裏啦！租來幹甚麼呢？想認識更多香港人麼？可是，值得一提的是這裏有很多新樓，所以感覺熟悉，因為真的有點像香港啦……

26

吊詭的英文生字

原來英文單字同愛情一樣，有時你以為對方是這樣的意思，但不是；有時你以為對方有意思，但其實沒有。

究竟米多莉故弄甚麼玄虛呢？讓我們一起看下去。

1. Tea / dinner

見到 tea 你會諗起下午茶，見到 dinner 你會諗起晚餐？噢，在英國不一定唷！

口語英文中，尤其是非城市人，很多時 tea 是指晚餐，而根本就不會用 dinner 這個字。這有非常混亂的歷史典故，總括來說是因為 dinner 在古代是指一天最重要的一餐，而這一餐通常不是晚餐而是午餐，所以晚餐反而是 tea 或是 supper。

但實際來說，常常都會聽到英國人說，what shall we have for tea ？意思就是晚餐我們吃什麼呀？

除非是正式的 afternoon tea（或香港人有時會誤用的 high tea)，否則下午茶都沒有特定的字。他們有時會說：should we get something small before tea（要不要在晚餐前吃少少東西）？或是 Let's get some treats to go with my cup of tea（這裏，tea 就是指茶了）。

O嘴度：☆☆☆

2. private / public school

你以為private 和public 是相反詞嗎？在形容學校時，才不是呢！ private schools 和public schools 是一樣的，都是指私立學校呢！

那真實的公立學校叫甚麼呢？一般來講就是comprehensive schools 或grammar schools。真的很吊詭吧？

O嘴度：☆☆☆☆☆

3. Sorry

對不起！才不呢！

如果你給朋友說了一件倒楣的事，好像是今天穿了新衣服可是喝咖啡弄濕了一身，卻逼着要去見客人，英國朋友可能會說：oh that's unlucky, sorry to hear that ！

他不是在跟你道歉啦傻瓜，你倒楣關他屁事呢！是為你不幸的事情感到難過，表達同理心而已！

所以千萬不要回應說：don't worry it's not your fault. 我們知道不是咱們的錯唷，只是虛應一應故事而已。

O嘴度：☆☆☆☆☆

4. Funny

Funny 不就是搞笑的意思嗎？森美小儀好funny 不

就用對了嗎？

用對了……75% 左右吧。

Funny 也可以是指奇怪的意思唷！

好像是：

Jenna：this bread smells a bit funny!（這面包聞上去怪怪的耶。）

下流的米多莉：yeah it smells as funny as your fanny!（對，跟你下面一樣，聞上去怪怪的唷！）

或是：

米多莉：how was your Tinder date last night?（你昨晚與網友的約會怎樣了呢？）

Jenna 遲疑地說：well he seems like a nice guy, but he is a bit funny.（他好像是個好人，但感覺卻是怪怪的……）

唉唷不是稱讚你搞笑啦，一定沒有第二次約會了啦！

如果真的要稱讚人搞笑，除了可以用正面的語言說對方 funny，也可以使用以下句子唷：

We share the same sense of humour，或是 I like his jokes.

O 嘴度：☆☆☆☆

英國，有冇同方東昇一樣咁啜核的主播？

早前香港有套很棒的節目叫《世界零距離》，十分欣賞旅遊節目由新聞議題的角度切入。去一些只在新聞聽過，但想也沒想過要去的地方，真真正正的讓你看清楚，相對於大家去過萬遍的日本東京遊等，這些節目特別創新。

我最喜歡，當然是方東昇時而認真時而搞鬼，金句多過黎明的主持風格，大家都記得：「織織復織織，織極都唔識」，非常啜核。

英國的新聞主播風格又是怎樣的呢？

英國大台有兩至三個，當中最具公信力的新聞台當然是 BBC──British Boardcasting Company。BBC 沒有廣告，收入靠的是人民繳交的電視牌照費（TV licence）──彩色電視機一年 £145.50；黑白電視機 £49 一年（2018 年）。

每一天早上，很多預備上班的人都會扭開電視，看《BBC Breakfast》。新聞報導員輕鬆坐在沙發上，頗隨性輕鬆的為大家報導要聞，晨早 6 時至 9 時的節目，過了主要的繁忙時段（ie 大家要以最短時間知道要聞、天氣和交通），也會包含比較深入的訪問，甚至會有歌星演員到場宣傳作品，給大家喘一口氣的機會。

因為充滿聊天的熱絡氣氛，漸漸觀眾也了解到主播們的性格。性格熱情身材又好非常專業的天氣姐姐Carol、熱愛運動有時問問題會引起deadair的Sally、由報運動到成主播的爆靚仔Dan Walker等等。慢慢地觀眾也會融入了他們這個新聞組的大家庭，感到十分親切。

我也留意到英國的主播們也是樣樣做範範精的路線，跟方東昇魏綺珊等一樣多材多藝。最近我聽classic FM（古典音樂電台），乍聽為什麼DJ聲音這麼熟悉？原來前鎮台主播Bill Turnbull轉行做了DJ。

此外，最近主播們也很流行參加一個跳舞比賽節目《Strictly Come Dancing》，就是一些名人（通常是主播、奧運選手、節目主持及模特兒等）配搭一名舞蹈家，每星期跳舞，讓公眾和評審選拔的節目。數年前，BBC的靚仔主播Ore Oduba就以近乎專業的舞姿，成為冠軍。現在他已是大名人，有興趣看他令人咋舌和暈眩的精采舞姿，不妨上網搜尋一下唷。

作者很喜歡以交談形式作新聞報導。最近社會有很多問題，就英國來講，很多人都表示投下脫歐一票的人都是沒有學識，不看新聞的一群。這樣說我覺得有點斷章取義，但刻板的新聞主播，滿篇艱澀文字的報導，的確令很多人失去興趣，和閱讀的耐性；久而久之，也令很多人與社會脫節，或對社會的了解片面無知。

這樣從娛樂節目建立觀眾緣的marketing手法，

會不會再次將新聞和社會各階層再次接軌，拉番埋一齊呢？

Ps 對英國政治有興趣的朋友，不妨看看著名記者 Andrew Marr 每周日的《The Andrew Marr Show》。

英國電視真的很悶嗎？

上網看到一篇文章，是一位留學英國的女生寫的，內容講述旅居英國苦悶，介紹幾個網站讓她可以緊貼香港的時事八卦。除了大台電視劇不看外，所有電台呀、ViuTV呀甚麼的，全天候二十四小時在她的電腦播放。

不知道這樣是好事還是壞事，感覺好像是出了英國了，但其實又還在香港。

一開始去英國的時候，待的是寄宿學校。我們的宿舍有一個交誼廳（common room），就像《哈利波特》裏的交誼廳一樣，供大家吹水聚會之用。因為交誼廳有一部電視，大家可以捲縮在沙發上看英國電視節目，或是播影片。一般來說，我校的香港同學不會進這個房間。

為甚麼香港人不去這間房呢？初來埗到的我被英國同學邀請去交誼廳 hea 愛電視，好心的香港同學告訴我，看英國電視，包你悶到瞓着。他們說，連廣告也不好看，英國的幽默也不好笑。現在想起來，香港同學說得甚有道理，當年我真的不了解英式幽默，所以我的確悶到睡着了。

但既然來了英國，為了練習英語，了解文化，我覺得在現代世界裏沒有比電視更加有力量了。尤其是我當中學生的年代（相當久遠），還沒有 Netflix / Youtube / Amazon Prime 等娛樂選擇，所以自己對英國文化的了解，大抵都是從電視而來的。

英國最常翻播的劇集就是美國的《Friends（老友記）》。基本上，你只要掌握到老友記，你就可以跟英國人聊一整天。他們會講笑說自己像 Joey 一樣不肯分享食物，也會扮 Chandler 跳起趣怪的舞步來。沒有看過老友記的人，也很難理解這些 inside jokes。老友記已經播完很久，但到今天大家也在笑。這就像香港人和小丸子的關係一樣，我們這一代應該沒有誰不知道花倫同學的 Hi baby 吧！

聖誕節的時候，例牌都是看那幾部電影，《Home Alone》、《Love Actually》、《The Holidays》、《Bridget Jones》、《Elf》，甚至是《Harry Potter》……差不多就這樣了，不怎麼嫌悶的。我沒有說笑，英國人真的可以不停翻睇同一堆節目。

最近真人騷十分受歡迎。你有聽過美國的長壽真人騷《Keeping up with the Kadashians》嗎？基本上就是這堆姓 Kadashians 的家人做一些很無聊的事情，把小事化大，又吵架又甚麼的，情侶的關係也不長久，這個女人跟那個男人出軌，又是一輪吵架。

英國人也愛看 KUWTK，但有段時間就流行看本土地區化的真人騷，好像《Made in Chelsea》呀、《The Only Way is Essex》呀、《Geordie Shore》等等。雖然大家都知道這些「真人騷」是老作的，照稿讀的，但大家

依然對於角色之間的「緋聞」津津樂道。2018 年最受歡迎的電視節目也是真人騷，叫《Love Island》。總之就是很多性與愛的激情交流，還有帥哥美女和大量肌肉的電視節目。

英國的煮食節目也特別受歡迎。這對於我來講又是有點矛盾。大家都説英國冇啖好食，但偏偏這個世界上最出名的明星廚神也是英國人──Nigella Lawson、Gordon Ramsey、Jamie Oliver，也是英國人。究竟為甚麼這麼多英國人喜歡看煮食節目，卻依然每天吃着差不多的食物呢，甚麼新玩意也不敢試呢？ God knows。

近年英國人氣最強，一如《Running Man》於韓國；《康熙來了》於台灣的最猛綜藝節目：《The Great British Bake Off》。Yep, you got it，就是一班素人整蛋糕的淘汰賽。每年夏天都有超過一千二百萬人準時收睇。內容真的是整蛋糕而已，沒有人打架、沒有人陷害對方，但大家真的很愛很愛這個節目，真的。兩年前《Bake-off》的播放權被 ITV 買起了，BBC 不可以播放，就牽起風波，四位主持人當中有三位都辭職了。大家還嚷着要不要再看下去呢。

最後要介紹的，想必是很多香港朋友都很熟悉的自然界紀錄片《Planet Earth》了。我們英國的驕傲，90 多歲高齡還在做節目的 Sir David Attenborough 主持的紀錄片，喚醒了觀察（尤其是在城市居住的人）對大自然的嚮往。我就特別喜歡看紀錄片最後有關劇組人員在拍攝時遇到的難關，總是讓我心生敬畏（in awe）。

說起來，為甚麼我會覺得睇電視最能浸淫異國文化呢？舉個例子，《Bake-off》雖然是一套煮食節目，可最為人津津樂道的，可是取笑節目主持人說口感的時候常常不知不覺地變成黃腔（nnuendos），這些都是軟性文化，很難開書教學的。

我明白人在外，有廣東話電視看真的很好。到今日我和朋友都在笑當年森美、小儀的《笑談廣東話》。但既然來到英國，不妨看看英國電視，看看自己會不會睡着了。

作者註：雖然遲了很久，但最近米多莉異常沉迷《Downton Abbey》，沒有想到英國的古裝劇這麼好看！推介給大家唷。

買得過的手信

從前朋友親戚去英國，常常都帶回來 Whittard 的茶葉同 Walkers 的牛油餅乾（butter shortbread）。吃得多其實都有點悶了，想來英國旅行的朋友，不妨考慮一下帶這些道地的英國好西回香港唷。

1. 真漢子才可以吃的朱古力──Yorkie

口感有點像 Kitkat 但巧克力的比例多於餅乾的，就是標明只有真漢子（real man）才可以吃的 Yorkie chocolate bar。標榜為 man fuel，給予大家男子氣概的 Yorkie，曾經用「不屬於女孩子」作口號，真是踩着性別歧視的邊界線（botherline sexist）。

不過很好吃唷，而且在超市就有得買。我覺得很適合送給男孩子，瘦弱的都能變強壯唷；又或是送給硬漢子朋友（突然想到在台灣當主持人的日本明星夢多）

Yorkie 有兩隻味，藍色包裝為牛奶朱古力，紫色為提子乾餅乾口味，米多莉特別推介紫色包裝的，口感十分好。

售價：£0.50 一條左右

2. 英國國民零食──Jaffa Cakes

英國稅局就曾經因為這塊像餅又像蛋糕的橙味零食而與生產適對簿公堂，Jaffa Cakes 多年來依然是國民的經典零食，常常都會在公司的下午茶出現！

Jaffa cakes 是一塊圓形小蛋糕，裏面夾有橙味啫喱，再在蛋糕外包裹朱古力醬，味道很舒服的。

最近我同事竟然跟我說要實行 Jaffa cakes diet──每餐吃沙律，假如肚子餓了或是口痕就食一塊 Jaffa cake，一日最多吃三塊。我就不肯定這是不是真的有效，總之 Jaffa cakes 真的很受歡迎。

售價：£1 左右一大盒

3. 長髮女神的恩物──Tangle Teezer

女神總有一把飄逸的長髮，女神的長髮絕不能打 kick（tangled）。送上女神的恩物──tangle teezer 這個可愛有效的神奇梳子吧！還有粉紅色、金色、英國國旗風和烈女豹紋可以揀，仲唔俾女神讚你叻叻做得好？

售價：£10 左右（Boots 有售）

4. 送給氣質像陳豪的咖啡控──coffee beans

以為英國人只愛喝茶，但最新的調查顯示，英國愛喝咖啡的程度終於超越紅茶了！我們的咖啡做得其實不錯，而且舒適的咖啡館林立，讓大家休息寫作畫畫的地方太多了！把喝到過、美味的咖啡帶回家吧！密封包裝，有磨豆（ground beans），也有原粒豆賣。

當中最多豆品選擇的必定是Monmouth coffee了，不論你是french press，espresso machines定係filter coffee，店員都會推介到啱你心水為止唷。

5. 小酒鬼的天堂──gin

英國的國民飲品，除了茶就是酒。琴酒（gin）曾經沉寂一時，但近幾年在英國強勢回歸，去倫敦的任何一間酒吧一定會有大量的gin cocktails ，甚至有些酒吧稱自己為gin bar，不做其他飲類！

所以送給愛酒的朋友一枝小號的琴酒就最棒了，而且很多英國名城也有自己製作的gin，以自己的地區命名。,作者就入手過愛丁堡琴酒，巨石陣琴酒（Stonehenge!），澤西琴酒（Jersey）等。

而倫敦本土的琴酒蒸餾廠更是多不勝數！在超市和機場一定可以買的，作者則推介Sipsmith 和Hendricks這兩個牌子唷。

售價：£20-35左右

Happy shopping ！

而本人最喜歡的咖啡豆，則是Attendant 咖啡館自家烘焙的咖啡豆。
售價：£9或以上一包

下午麼麼茶

早前在網上看到一篇文章解釋香港朋友所指的 High tea 在英國其實是指 Low tea 或是 Afternoon tea，突然挑起了我想寫這個話題的興味。今天不寫別的，就寫關於茶。

從處於殖民時代的香港會把西茶改良成為港式奶茶，可以看出，茶，對英國人來說，是多麼不可或缺的一回事。英國茶跟港式奶茶不一樣的地方就是沒有甚麼絲襪不絲襪的過濾，也不用煉奶。茶包或茶葉、牛奶和糖，就這樣。

在英國待久了，有時候旅行（包括在回港度假的時候），突然癮頭興起，會想喝一杯英式紅茶，English Breakfast 也好、Earl Grey 也好、Darjeeling 也好，最近愈來愈受歡迎的 Assam 也好，就是想來一杯。不料喝到的通通都有點不是味兒，是水質嗎？是奶的濃度嗎？是糖不一樣嗎？我不知道。喝不了一杯普通的英國茶我的心就沉沉的，默默的想念起英國來。

自始，每逢出外工幹或度假，口袋必準備數包茶包，久而久之，對茶的要求也提升。今次想跟大家散步到倫敦梅費爾（Mayfair）區去，一探英國皇室御用茶坊，鼎鼎大名的Fortnum and Mason。

Fortnum and Mason自1707年就在梅費爾區營業，賣茶葉、下午茶點、酒品和豪華野餐餐盒，擁有皇室的金漆招牌。前兩年英女皇大壽（Diamond Jubilee），Fortnum and Mason就特意修葺店舖，規劃部分店面成為Diamond Jubilee tea salon。英女皇和其得意媳婦Kate Middleton更親自為Salon開幕，好不威風。

對於作者來說，下午茶不為吃，而是為了與姐妹淘共聚好時光。一如中式飲茶，我的重點都放在茶而不在食物。喝着茶聊着天，是我覺得最幸福的事情。Fortnum and Mason最討我歡心的，就是他們對茶不單認真，種類多而不雜亂；它對茶的歷史和正確做法十分執着，也製造了令人心花怒放的精緻瓷具，獨特而不庸俗，雅致而不沉悶。

每次出去工幹，總會帶上Fortnum and Mason的茶包。我還沒有試畢所有茶葉，但最喜歡的莫過於是Royal Blend。樸實而不浮誇，也沒有實驗性的花草味道，簡潔、好飲，是一款可以天天喝的紅茶。

Fortnum and Mason的afternoon tea我也有去過，

可￡43一個下午茶並不是能夠天天享用的，也沒有這樣的時間；但不代表我需要虐待味蕾，去喝那些質素參差的茶包。每天20便士的Royal Blend，就足夠推動我努力工作。

下次來倫敦玩，不要忘記去Fortnum看看唷。

順帶一提，Fortnum旁邊的書店Hatchards也十分值得一去。它也是1797年就開始侍奉皇室的書店啦，書店建築也是很老舊了，一起來感受貴氣吧！

Fortnum and Mason

Address：181 Piccadilly, London

Hatchards

Address：187 Piccadilly, London

4個在英國工作的不同之處

每年總會有些香港朋友來英國工作假期，甚至是轉職來英國上班、上學，因此很多讀者會問我在香港和在英國工作有甚麼不同。我想了很久，這是一個頗難的話題，因為每個團隊、公司和工種的文化也不同。在這裏，我只可以用個人的經驗，以一日由起床至睡覺的模式分享。

1. 好多英國人都係晨型人（morning person）

我想香港除了退休老伯之外，大部分人都走貪睡遲起床的路線。可能是因為遲下班所以也睡得晚，所以在香港會六點幾起身做 gym 沖涼再上班的人可謂少之又少。相反在英國，老闆們員工們都幾習慣早上班，通常早早的把小孩送上學或託兒所便直接上班；然後最好可以準時放工，接孩子們回家。因為小孩早睡，所以可以準時回家便可以在小朋友睡覺前跟他們玩玩。這樣的文化也帶到沒有孩子的人身上，做了運動就上班，七點幾回到公司，這段時間工作特別有效率，頭腦清醒又不需要開會。

2. 冇得恃住自己係 small potato

由中學在英國讀書時我就留意到一件事。長輩（老師或上司）在英國會好尊重下屬或學生的意見。其中一個例子，假設你修數學科，而老師想在禮堂召集所有讀數學的學生，他們會這樣說：「Could all the mathematicians please come see me outside the hall now please?」米多莉想說甚麼呢？他叫讀數學的同學做「數學家」！我小時候聽到，不禁打了一個寒顫，我不過是讀數學科，才沒有想戴「數學家」這樣的高帽，而他

們真的會這樣說。又例如你問老師一條科學問題，他可以說：「great question, maybe you can discuss this with Matt, he is a physicist and may have some knowledge on this！」殊不知 Matt 不過是在讀 GCSE（類似會考）物理科而已。

這份尊重孩子們的精神，並附上一份尊榮和責任感，到出來工作都會見到。雖然新入職的 small potatoes 沒甚麼經驗，但我就不覺得老闆會因為這樣而無視你的責任（除非發現你真是不上進的懶惰鬼，或蠢才）。他們會覺得你心裏很清楚自己為甚麼要加入這一部門，他們要做的就是盡力的培訓你成為專業人士，而你都應該自發配合公司，作出良好的表現。

因此 small potatoes 係唔可以因為職位低就不發表意見，老闆會希望聽你的想法。

3. 好 talk 得

很會聊，相信很多曾在英國留學的朋友都會發現英國人真的不太喜歡安靜（awkward silence），所以他們很會聊天。

如果你在香港報了名上日文課，當你第一日到課室而老師又未到，同學們通常都會各自玩電話做自己的事情，不會好端端的與陌生的同學聊天。

但英國人一定會這樣做！所以把你的電話收好，準備一入房就打招呼吧。自我介紹一番，然後說一些不着邊際的話，就叫寒暄（small talk）。

在商業社會，這種友善又有氣勢的 talk 得人士，英國人會覺得他很 smooth，又友善又會 networking，特有大將之風。

如果在香港遇上一個一進課室便不停嘴地說：「Oh my Lord I thought I was late! It is pouring outside, so ridiculous. How are you? I am so looking forward to this course……」應該會令人感到太 over，十分煩擾吧？

4. 各自空間好重要

我知道在香港比較老式的辦公室，還會有人在播電台節目。這件事我真的不能夠理解，我覺得在這樣的環境工作，我應該會癡線。難道每個同事喜歡聽森美小儀的嗎？難道沒有一個人習慣在寧靜的環境下工作嗎？

在英國的辦公室雖然很多人會當面討論工作，但很少人會大聲說話。一來英國人講話就比較小聲，二來他們習慣如果有比較冗長的事要談，通常都會走到遠處，或者入房傾。曾經就有英國同事表示不能理解另一個同事為甚麼要在自己的座位上講私人電話。這件事我不置可否，但基本上我們都會小心注意自己的行為會否影響他人。要聽森美小儀的話，何不戴上耳機自己聽？

跟不同國籍的人工作

中學的時候寄宿學校放假，跟朋友去了她姐姐家暫住。姐姐住在倫敦，感覺是非常能幹的大都會女人。

那個時候我像小孩聽故事一樣，聽姐姐說上班的趣事，覺得好不可思議。姐姐說她公司甚麼國籍的人也有，大家午餐吃的東西五花八門，也不是人人都像英國人一樣愛喝酒，大公司的話甚至有足球隊、羽毛球隊等，要找到朋友也不困難。

數年後我就在這種大公司工作。跟不同國籍的人工作，怎麼說呢，是一個微妙的體會。

大家一起工作，當然會帶着小時候學到的東西、養成的習慣工作，所以應該抱着一個開明的心去面對；可同一時間，我們又在英國工作，有本土獨特的文化，大家也會希望在商業場合中，有同一套專業的表現。這就是最微妙的地方，又要開明，又要有一套professionalism，但 professionalism 又不是可以明確地描述的一個概念。

我不希望定型（stereotype）某國籍就必定如何如何，這是靠邊兒的種族歧視。可是，在跟不同國籍的同事合作的過程中，也發現某幾方面特別有趣，在這裏可以分享一下。

1. 吹水問候

英國人很喜歡寒暄（small talk）。最近我收到一個萍水相逢的朋友的郵件，他是香港人，一開首就說：喂，你係咪仲喺英國住，有事拜託你。我立馬的反應就是：才不想應承你呢！因為這樣毫無問候的情況下麻煩一個不相熟的人，在英國是被認為很沒禮貌的事。

後來跟一個在香港工作過的朋友聊天，才知道香港人真的很實事求是。大家打商業電話時，通常都是：你好 x 小姐，有關於你的 xxxx。但英國和很多歐洲國家，通常都會多問幾句，聊聊放假天氣等等的事。我發現在歐洲的話，愈南部的人愈愛聊——西班牙意大利的真的很會聊；而北歐和東歐同事則酷一點，講話也直接一點。南北的差異，當中或許有人類學的理論存在，但我不在這裏深究了。

2. 中 point

有一次跟英國和中國同事開會。會議後，中國同事跟我說這會議很玄，好像沒有議程（agenda）一樣，聊着聊着突然發現一個 action point。其實我不知這樣是不是真的，因為很多時候英國人也很會包裝東西，聊着聊着天就點了你去做事情——所謂的 hidden agenda。

有一次我跟意大利同事有 conference call。議程上有五項東西，結果東聊西吵搞了三個鐘。我把電話按了靜音，便一邊做自己的事一邊聽他們講話，當真的講到重點時我才加入對談。這令我不期然覺得，是不是有些民族討論事情的文化不夠 task focus 呢？

3. 趕死線

在香港，我猜很多這樣的情況：某人承諾一條不合情理的 deadline，全世界不眠不休去趕那條線，OT 到身心俱疲。

我工作任務之一就是追債（不是錢銀上的……），因為有些外國同事真令人頭痕。電郵上不停同我講 sorry 但又不交貨。有個人成日都欺騙觀眾，說一點鐘傳給我，竟然變了第二日一點鐘。這個我覺得是個人問題，可是我發現自己都幾傾向追歐洲同事的債，是因為他們的午餐時間太長還要睡午覺嗎？

這些都是我在工作上遇到的例子，不代表某國家的人都這樣。一如我所講，在職場工作有一套約定俗成的文化，好像法國人上班會抱抱別人，日本人注重輩份等。在職場工作有一套約定俗成的 professionalism，雖然概念很難拿捏，但只要保持中立和禮貌，其實不會偏離太遠的。

做了幾年國際公司，我的想法是與其把人以種族認定，不如了解那個人本身是一個怎樣的人。跟誰合作過後了解對方這個人的工作模式而作出合適的期許調整是最好的。就好像，如果你知道某老闆喜歡跟客人吹半個鐘水才入正題，那 book 房開會一定不至 book 半個小時吧？

倫敦人的好習慣——你是晨型人嗎？

早前《星期日檔案》報導有關「晨型人」的故事。晨型人，即 morning person，就是習慣十分早起床，利用清晨的時間運動、思考，特別早回到公司，如果情況許可也可以準時收工的人。

在英國，有很多工作都允許彈性上班，因此，我也不自覺的培養了早睡早起的生活習慣，成為了一個標準的「晨型人」。

看罷那一集《星期日檔案》，我和來英數年的朋友阿翠也覺得在倫敦居住，生活習慣比在香港好了很多，生活質素也變得比較好。可是，究竟除了上班時間彈性以外，倫敦的生活到底好在哪裏呢？而又有沒有甚麼事香港人也可以借鑑呢？

1. 早睡早起：七點幾八點回到公司，已經有很多人上了班。沒有 OT 的壓力，可以準時收工回家休息。另外，早上工作的效率也比較高，也降低了要 OT 的需要。

2. 四圍行走：因為地鐵又貴又廢，所以可以走路的時候大家也選擇步行，多了活動身體的機會。

3. 較少外食：雖然倫敦已比英國其他地方多餐廳，

但大部分人放工後都習慣回家做飯、休息、看電視，少一點油膩，多一份手藝。

4. 做 gym：香港人喜歡行山打羽毛球等群體活動，但要約齊人夾時間其實不容易。倫敦人喜歡偷時間做 gym：上班前午餐時份，週六早上見朋友前，放工……做完即走不久留，時間比較靈活。

5. 放假休息：如果你問英國人放假做甚麼，答案通常都是沒做甚麼，就待在家休息。不管是看電視、打理家居花園、看書泡澡，總之就不外出。這跟香港人一有時間就出外，甚至去旅行是十分不一樣的。兩者的平衡十分重要。

倫敦人本身的文化十分多重，不是人人都如上所述的那樣；而英國其他城市和倫敦人的習慣也不一樣，好像在郊外居住的人，有時要駕車至一個地方才可以散步。所以此文不是想斷章取義，而是自己多年在倫敦生活，發現其文化可以予人的零活性，而從中對健康和生活質素有利的地方。

你們想成為「晨型人」，或是培養更好的生活習慣，改善生活質素嗎？第一步，或許可以試試六時起床，跑個步游個水做些瑜伽，好好在家吃個早餐再上班？或是放工、晚飯後散個步再睡覺，減少百無聊賴碌 facebook 的時光？家中有浴缸嗎？可以像日本人一樣泡個澡出一身汗，順便看看書。有很多少少的習慣我們在香港就實行起來哦。

金髮白人的哀歌

很多香港人崇洋、崇日、崇韓。日韓人士始終是亞洲人，所以還比較能有同感，只需要學他們的語言，聽他們的歌，化他們的妝，再假裝不能説廣東話，大概就可以了。

但是崇洋真的很不同，洋人，由外到內都與我們不一樣。皮膚又白，頭髮又金，不用怎麼化妝眼睛也大大的。就好像我的維多利亞的秘密天使女神──Candice Swanepoel 一樣，簡直是「若果女生有旗，旗子們也會站起來」一樣的誘人！

米多莉記得當年和一位熱愛彩妝的金髮美女聊天，説到慶幸自己有雙眼皮不必努力的貼雙眼皮貼，也不必花錢去割。我們看了一些照片，有氣質的東亞單眼皮女生引發朋友的興趣，給予無窮的想像，不停思考要怎樣畫眼線才可以真的看到眼線這個問題（想必很多單眼皮和內雙眼皮的女生讀者也有同感）。

然後她説：「當金髮白人麻煩很多你知不知道？」

今天，米多莉就要討論一下當金髮白人的難處，因為有時候看到他們困逼的模樣，真是心裏感恩自己是個黃皮膚女生呢。

1. 説甚麼愛太陽？二十分鐘就變叉燒。

如果我的外國朋友聽得懂，他們可能會同意，真係生舊叉燒都好過生下來是金髮白人。

有一天，夏天終於降臨倫敦了。來得快去得快，所以大家都紛紛穿著露肩裝小短褲，拿着啤酒在陽光下坐草地曬太陽。我們午餐時份，買了小三文治，就坐到公司旁邊的公園。

一個個金髮女生（其實還有紅色頭髮的人，因為他們的皮膚更是激白），突然個個都帶着很大的袋子。平日，我們都是拿了手機錢包就行了，今天，為甚麼她們都要拿手袋呢？難道夏天來了，她們的手袋都要曬太陽麼？

不是的，她們在可以安安定定吃個午飯前，拿出了臉的太陽油，身體的太陽油，和太陽眼鏡。一邊塗抹，一邊說，你知不知道，我買了最大的度數，可是樽身背後的招紙説，因為我太白了，每二十分鐘還是要塗一遍。

我帶着同情的眼光看着她。我剛來英國的時候，有人也這樣做，然後我就説，不要塗啦，你不是想要曬黑一點嗎？

她說：「我是想曬黑一點，不是想曬脱皮、變紅、變燒豬（hog roast）！」然後又很傷心地塗抹太陽油。

可憐的同事，因為肚子餓，塗得不夠仔細，二十分鐘後，她沒有認真塗好的頸背部分，就真的玩完了。粉紅了一大遍，還長起了一些沙沙不平的東西（flaky）。假如剛好有衣服的話，衣服和患處的磨擦更是其痛無比。

欲哭無言的白人，看着我橄欖色的皮膚，心裏大大的嘆氣。我拿水往自己的大腿上灑了灑，那金黃色的水珠閃閃發光，他們的呢，就是一舊叉燒。

白人沒有在為自己白而開心，常常去了熱帶地區旅行回來，就期待我們同事補一句：「Oh ！ You have got some lovely tan on ！」在大概五天後，淺啡色的顏色不翼而飛，唉，人生……

2. 黑不了的皮膚，卻橙得了。

因為黑不起來，所以很多白人在夏天臨近，或是大日子的時候都會選擇 fake tan。fake tan 是很不錯的發明，現今科技已經突飛猛進，不用走到美容院，也可以在家自己噴自己。

可是這些產品要很小心用之，一不小心，太渴望變黑的白人女子就失手了，噴太多，變成了一條熱狗。在英國，這些人常常被人笑，被看成是相對低等的（因為有錢的都會去好的地方投放適量的 fake tan），也是白癡的。

以前在中學五月的時候有一個 Summer ball，女生為了自己的皮膚看起來健康一點，拍照上鏡一點，都會去做一點 fake tan。可一如香港的 Grad din 很多女同學第一次化妝扮靚一樣，一不小心就落重手了。我們在背後都笑他們：「Oh my Lord, how orange does she want to be？」又或者：「She looks totally baked, did she just come out of an oven？（她就像是從焗爐裏跑出來呢！）」等苛刻的說話。

這樣橙色的女子文化，來到日本後被發揚光大，我只知道她們這個文化叫做 Ganguro，香港人是怎樣稱呼她們呢？

3. 眉毛呢？我的眉毛呢？

這個特別適用於金髮的人，她們的皮膚太白，金髮太金，變更皮膚沒有甚麼異樣。你真的以為金髮女郎不必怎樣化妝就美麗嗎？不是的！

她們沒有化妝的時候，眉毛、眼睫毛，通通都不見了！你們看看金髮的男孩就知道，當夜蒲要拍照的時候，閃光燈的光輝，就完全把他們的臉閃走了。

而且，因為他們的皮膚太白太白的關係，他們很容易臉紅。不是可愛的紅粉菲菲，太天真了……她們就是紅了一遍，他們常常都為自己的臉紅而尷尬，於是臉紅更加是散不去。沒有睫毛膏、眉筆和粉底，我想有 75% 的英國女生也不會走在街上呢。

噢，差點忘記了，因為她們要顏色，所以 bronzer 也是不能錯過的。可是很多年青人就不太會用，在自己的臉畫上了一點深深的線，又出洋相。

還有，金髮白人的頭髮大部分都不是長成大家喜歡的亮麗的金色，而是醜醜的泥土金色，所以染髮最多的人通常也是他們……要當一個天然的人，對他們來說是很大的麻煩呢。

4. You are so blonde！

又是笑談賤格英語的時間了。

在英國我們笑別人笨的時候，通常就會用 blonde 一字，這個字跟 stupid 是通用的。

這點，對金髮的人來說就是很無奈的侮辱了。純粹因為在電影電視裏，白癡的女子通常都是胸大冇腦的金髮伊人，所以這個形象就深入民心了。

下次你的朋友做了些白癡事，你就可以笑他：「You are a bit blonde today, aren't you?」

去倫敦做文明旅客

聽說因為強國人在日本有點失禮，所以有很多文章和規條教授強國旅客在異地要遵守的文明行為，例如：外國的草叢，不是可以隨意撒尿的地方；馬路也不是裝口水和痰的地方；我對強國人民素質認識有限，但這些令人噴飯的條例令我不禁懷疑這些強國人在自己的家真的會這樣做嗎。

至於來到大英帝國，這個充滿歷史、文化的國家，或許對旅客某些行為也是非常困惑。Base on 米多莉的觀察，就寫下四則倫敦旅行要注意的行為。這不單單是因為我們在異國要入鄉隨俗，免得被人討厭；也是因為倫敦並不是最安全的地方，被看成遊客的人，也容易成為小偷的目標。所以本指南，也可以當成自保指南。

1. 扶手電梯的站立模式

在香港坐地鐵，人滿為患，所以大家都習慣列成兩隊，完全靜止在電梯上；偶有趕急人士經過，左穿右插，猶如具異能輕功之士，輕身在狹窄的隙縫間超過人群，大家淡然以對。

在倫敦，再擠擁的繁忙時間，不趕時間者依然會站在電梯右邊，讓趕時間者在左邊飛過，大家和平相處，你趕你的時間，我站我的電梯。這是一個很重要的潛規則。

如果有人站在左邊，那只有兩個可能性，(1) 他是不守禮節的外國人。(2) 他醉了或是瘋了。

如果你站在左邊，英國人不會罵你，他會暗暗的在你後面踏腳或咳嗽，散發出「你條 X 街阻 X 住晒」的隱晦怒氣。我沒有說笑，英國人就是這樣不願意正面表達怒氣。不過最近我也留意到在非常繁忙的時間，大家都開始會有禮貌地要求站在左邊的人讓開了。這個電梯守則在全英國所有扶手電梯都管用，地鐵商場公司學校，沒有一個地方大家不是這樣自動站好的。

2. 讓座，是一種風度。

香港對於人們在地鐵上不讓座的批鬥，然後又有說某些老人恃老賣老之類的，這種爭吵不禁讓人感到毛骨悚然。其實人人都疲倦，當車廂裏沒有需要被讓座的人，為甚麼不能坐呢？假如有人不讓座，為甚麼不能有禮的要求他們站起來呢？我的意思是，在立即有敵意之先，有沒有一個空間可以容許我們小事化無，難道我們不可以詢問可不可以讓座嗎？

在倫敦的地鐵車廂，假如人不是很多，大家坐下來的時候都會把優先席的位置空出來。但人開始多的時候，大家也不會有甚麼顧忌的坐在優先席。

可是，只要有需要的人，例如孕婦、老人、殘疾人士和小孩，大部分人都會自動讓坐。通常讓了座給小朋友，也會順手讓座給小孩的父母。有風度的男士有時候也會讓座給女士。曾經有人討論過，這樣做會不會太過份，妄顧了男女平等的宗旨，Well，這是一個沒有答案的討論，我十分喜歡被讓座，也十分喜歡讓座。

倫敦客在人比較多的情況下，較少在意誰去讓座，只要誰先看到有需要的人，不論自己是不是坐在優先席，也會站起來讓位。好像我就見過一個老人走進車廂，然後整列坐着的乘客都立刻坐起來的狀況，然後大家不停地說不要緊不要緊，最後空出全部的位置這個搞笑的狀況。

當然，有懷孕的朋友告訴我，在繁忙時間也有很多人明明見到孕婦掛有「Baby on board」的襟章，也依然不讓的。這種情況，通常也會有站立着的乘客看不過眼，要求坐在優先席的人讓位。

補充一句，出入把門停住，讓後面的人接手，也是一種正常不過的行為。

再補充一句，讓乘客先下車再上車，這件事真的很自然，不要衝了，我求你不要衝上車了。

3. 請將音量收細

來到倫敦，在公眾場所，包括地鐵、食店，大聲講話有時會被侍應和行人側目及提醒的。這件事其實有點麻煩，因為英國人本身講話就比較小聲；如果你有甚麼不吐不快的話要大大聲聲的講出來，可以到 Pub（酒

吧）、酒店房，或中國 / 韓國餐館，這些地方本身就比較吵，尤其是 Pub，大家多喝了點，大聲講話也算了。

在餐廳，請真的把音量收細，大家真的會感到很憤怒。試想想，我們是來食飯的，不是來聽你講是非的，你這樣大聲，那我們就不能小聲說話，可是我們又無法跟你比拼，所以就會滿滿的義憤填胸，拜託，隨行的遊人請你們相互提醒。

在晚間，喝醉酒的人士就真的會大聲説話，甚至跟其他的人搭訕，這件事在英國郊外也倒不是甚麼壞事，但在倫敦，大家都滿討厭這種標奇立異的行為的。

當然，有人會跟我說，米多莉在地鐵上大聲講話的人也不少呢！那麼請你認真聽聽，他們說的是甚麼國家的話，因為我們都快要被意大利人和西班牙人震耳欲聾的叫聲弄得快要昏厥了。

4. 不吐骨頭的餐桌禮儀

在茶餐廳用膳，對於身在外國多年的米多莉來講，可以說是自由（liberating）或瞠目咋舌的體驗了。

大家吃飯的聲音，張開口裏的食物殘渣，坐得隨意的身軀，牙簽在口裏上下擺動的技巧，隨心所欲的大聲說話講粗口……WOW，如果有一年半載沒有回港的人，一定會吃不下嘸（不過茶餐廳的食物很好吃，感覺很地道，這一點也是不言而喻的）。

還有一個有趣的點，就是，只要是有骨的食物，例如雞翅膀，沒有一個英國人在有其他人在場的時候，會把雞翅膀整塊放進口中再把骨頭吐出來的。這純粹是一個不可能發生的行為，this is something that simply doesn't happen。如果你不知道如何不以吐骨頭的方式享用有骨的食物的話，我唯一的建議就是，請點另外一道菜吧。

當然，一如我母親所言，能夠像中國人一樣吃東西，那種隨性真的是滿爽的。可是，煩請你們把這種閒適的習慣保存在香港吧！在英國，真的沒有人會張開嘴咀嚼食物……真的沒有。

如果你去酒店體驗下午茶的話，我的建議是以當一個透明的人為宗旨。以不打擾到任何人為本，有時候，連杯碟的碰撞也會引起其他人的注意，好像早前我去了一間米芝蓮老店吃飯，就有類似令人反白眼的體驗了。

事源我們的後輩同事多喝了一點酒，在滿桌都是杯的情況下，他拿起最前方的酒杯時不小心敲到後方的水杯。感謝主，幸好水杯裏有水而且較重，不然，那一敲，就會把其他杯子都推倒了。老闆們和我努力管理好自己的表情，可是耳朵的羞紅遮掩不住內心的尷尬，這個年青人也因此而漲紅了臉。我們講了一點緩和氣氛的笑話，便又繼續吃飯，暗暗祈禱其他的食客們可不要看不起我們年青的小弟。

補充一句，如果你打算來到英國享受高級餐廳，請男生至少帶備恤衫、Chinos 和皮鞋；女生當然也可以這樣穿，不過也可帶備平底鞋 / 高跟鞋及裙子。如果你不打算這樣做，還是可以去 Duck and Waffle 的，他們好像對客人穿甚麼沒有甚麼意見。

就是這樣，我希望大家不會覺得我崇洋、扮高級、懶係嘢。以上四點，英國人無不每日做之，是一種沒有甚麼討論空間的生活習慣，做了沒有人會感謝你，覺得你真大方得體，只有不做的時候，才會令人心生厭惡。

好像在香港和日本要等綠燈才過馬路（倫敦完全沒有人在理會這件事），在回教國家女生要包裹身體，在香港要靈活跟着人群行動一樣，來到別的國家，不想標奇立異惹人側目，也請有禮貌的跟隨本土人士不成文的規定。

國內旅行

因為國內交通昂貴，加上廉航大行其道，在英國居住的人大都找便宜機票到歐洲旅行，比較少在境內旅遊。

試想想來回曼城倫敦車票至少要￡70，但往巴黎的 Eurostar 有時會減價到￡29 單程。巴黎 vs 曼城，我選巴黎。

但英國其實有很多很棒的地方，尤其想去些空谷幽靈的治癒之森，像古詩人王維一樣出世地活一個周末，英國郊外或海邊真的很不錯。

最近我去了北部 Lake District，除了一般的景點，好像是在 Windermere 的湖裏泛舟，我也選了在一個偏遠一點的農場住蒙古包（tipi）。這種不是就地紮營的露營方式叫 glamping，就是比較 glamorous 地 camping 的意思。

農場母雞下的雞蛋和本地生產的牛奶、香腸和煙肉，在浪漫的營火上弄早餐，小河的流水淙淙，我在農場探險，找到了數隻不願搭理我的小羔羊。

另外海邊也值得探險，打大風的日子去著名的 Brighton 別有一番風味。媽媽連忙穿起雨衣撐起雨傘，我卻任由大風掌摑我的臉，毫不留情的，像是提醒自己在大自然裏的渺小。城市的人忘記了，我們也是大自然的一部分。英國的郊外就有這份 rawness，沒有特別好的設施，就是要你重新體會大自然的力量。

過後在漁船旁的小屋（fisherman's hut）大啃生蠔海螺，fish and chips，風怎麼大雨怎麼灑都值得。

也像我去爬英國最高的山，位於蘇格蘭的 Ben Nevis，路是單純人行出來了，沒有人給你鋪上石屎小徑。要行就要有在鬆散的巨石中跌倒的心理準備。本來炎熱的太陽轉個角失了蹤，不知那裏來的巨風帶着冷雨冰雹一下子啪啪啪打到你的臉，勁過 TVB 劇的掌摑情節，天呀你為甚麼這樣憤怒。

晚上在山腳下紮營都知不會睡得太好，地真的有點硬。但還是感恩起碼痠痛的腳掌得以休息，可是颶風好端端又來了，吹得我的帳篷東歪西倒，我用身體的重量壓着帳篷，不敢離開。我邊拭淚邊祈禱，祈禱不會有閃電襲擊，第一次感到孤獨無援。翌日雨過天清，太陽伯伯似是聳聳肩說：「昨晚日落下班了，不知道發生過甚麼事。」整個草地立馬乾了。又熱到三十幾度。連我也懷疑，難道昨晚的狂風大雨只是一場夢？可不，一出帳篷，始發現營釘都被吹起，昨晚真的是靠本人的重量支撐帳篷，否則必定整個吹起無影無蹤。

英國郊外真的十分赤裸，但有一份令人心動的吸引力。我香港的朋友單是營地的「木屑廁所」就已經不能承受，大喊 I am a city girl。Oh well, too late, 你已經被我騙來了。

關於倫敦的二三事

很多讀者喜歡我寫有關倫敦的事，但因為我在這裏已經很久很久了，很多事物我已經習以為常，特別感謝香港朋友的留言，讓我重新體會你們眼中非比尋常的事。

昨晚的倫敦很熱，我把小沙發搬到露台乘涼，看着倫敦的月光，喝着最近大愛的洋甘菊茶（Chamomile tea），回憶起倫敦的二三事來，用初心 (beginner's mind) 的角度去看我熟悉的城市。

最令我着迷的：在泰晤士河的橋上，被日落的美景吸引着，放緩腳步，邊散步邊感謝自己在倫敦生活。

最令我頭痛的：繁忙時間地鐵火車上的旅客和小孩。請你等我們上了班再出沒，可以嗎？或是，請不要大聲講話，可以嗎？

最令我思鄉（香港）的：還沒有在 China town 找到魚皮餃；為甚麼倫敦沒有潮州打冷（知道有的讀者，請告訴我呀）！

最喜歡的周末活動：坐車到倫敦的不同地區散步，每一個方位的倫敦也是一個別樣的文化。

每次聽到，都令我偷笑的：有人覺得 camden market 很棒……

永遠都不會告訴旅客的：我常去的本地農貿市場（farmers market），永遠不會跟大家分享唷（邪惡）。

感到最爽的：在英國上班的人們沒有在鬥手機新款、手袋名貴、鞋子漂亮等事情。我最愛就是背着爬山背包腳穿老套球鞋的上班族了。要我穿高跟鞋在路上行走，沒有可能 ！

覺得很平常但在香港很裝模作樣的：

1. 去 pub 喝酒。2. 精品咖啡店。我喜歡香港的咖啡店，但是我覺得香港的車仔麵、茶餐廳、酒樓等更加有英國的 pub 和咖啡店的平民感覺，我喜歡平常而不造作的店家。

在香港很平常但在倫敦會被人笑的：相機食先的文化。

周末絕對不會出現的地方：倫敦市中心和西敏寺區（Westminster），旅客太多了啦！

最喜歡的英國食物是：Banger and mash. 考考大家知道那是甚麼嗎？

最喜歡的英國甜點是：Apple crumble with custard ！

最喜歡的英國飲料是：夏天的話必然是 Pimm's，冬天的話就是 Apostrophe's 的極濃稠熱可可，全天候的話，當然是 Gin and Tonic 囉。

最好喝的倫敦 gin 是：Dodd's ！大家一定要試試看唷。

好吧，寫到這裏，安坐在辦公室的米多莉又想到炎炎的夏日陽光裏去了。午餐時間到了沒有？在此我挑戰所有香港皮膚白皙的美女，你敢不敢跟我們倫敦人一起在辦公室中間的公園邊曬太陽邊吃午餐呢？這是夏天最重要的期間限定節目哦（笑）！

作者：	米多莉
出版經理：	林瑞芳
責任編輯：	吳山而
封面及美術設計：	陳逸朗
封面圖片：	Joyce Mak
出版：	明窗出版社
發行：	明報出版社有限公司 香港柴灣嘉業街 18 號 明報工業中心 A 座 15 樓
電話：	2595 3215
傳真：	2898 2646
網址：	http://books.mingpao.com/
電子郵箱：	mpp@mingpao.com
版次：	二〇一八年十月初版
ISBN：	978-988-8525-25-6
承印：	美雅印刷製本有限公司

倫敦港女